读客三个圈经典文库

经典就读三个圈　导读解读样样全

凡尔纳过去是，现在仍然是科幻的代名词，他的作品充满科幻最本原的精神，以纯真和明丽的笔触，表现了对大自然的好奇心和探索的愿望，以及用新技术创造新世界的激情，成为一代又一代人科幻想象力起飞的地方。凡尔纳想象的未来技术大多已经变为现实，但他的科幻小说却经受住时间的考验，拥有越来越大的魅力。

刘慈欣

2018.7.22

刘慈欣，中国科幻文学里程碑式的人物。

2015年8月23日，他凭借科幻小说《三体》获得第73届雨果奖最佳长篇故事奖，这是亚洲人首次获得雨果奖。

刘慈欣在采访中多次坦言凡尔纳是他科幻想象的起点，他读的第一本科幻小说，正是凡尔纳的《地心游记》。

凡尔纳科幻经典

从地球到月球

[法]儒勒·凡尔纳 著

吕佩谦 译

读客三个圈经典文库

经典就读三个圈 导读解读样样全

江苏凤凰文艺出版社

JIANGSU PHOENIX LITERATURE AND
ART PUBLISHING, LTD

De la Terre à la Lune

Jules Verne

目　录

第一章

大炮俱乐部

　　美国南北战争期间，马里兰州[1]中部的巴尔的摩城里成立了一个势力强大的新俱乐部。众人皆知，军事的才干在当时是以何其旺盛的活力在这一大群轮船业者、商人和机械技师之间蓬勃发展的。许多普通的买卖批发商，从来不曾受过西点军校[2]的训练，就跨出他们的柜台，充当起尉官、上校、将军。没隔多久，他们的"作战技艺"便和古老欧陆的同行旗鼓相当，而且也和这些同行一样，凭着大量的炮弹，付出无数金钱和人命，赢得了不少胜利。

　　但是，美国人究竟在哪方面超越了欧洲人呢？答案是弹道科

1　马里兰州（Maryland）位于美国大西洋地区，南北战争时期，是北方联邦政府的管辖区。（如无特别说明，本书中注释均为译注。）
2　西点军校（West-Point），美国第一所培养陆军军官的军事学校。

学。并非他们的枪炮达到较高的精良水平，而是这些武器的体积大得出奇，因此射程远，能发射的距离在当时算是前所未闻。在水平射击、俯射或者直射、斜射、纵射或者反侧射击方面，英国人、法国人和普鲁士人都已经没什么好学习的了。然而这些国家的大炮、榴弹炮、迫击炮和美国的庞然火炮相比，只不过是些袖珍手枪罢了。

这种情况其实并不令人讶异。这些美国佬——世界上第一批机械技师，是天生的工程师，如同意大利人天生是音乐家、德国人天生是哲学家一样。所以，看到美国人将他们大胆的发明才能运用到弹道科学上，是再自然不过的了。这些巨型大炮虽然远不如缝纫机来得有用，却同样惊人，而且比缝纫机受到更多赞赏。在这种类型的武器中，人们熟悉的有罗伯特·帕罗特、道格林，以及罗德曼[1]等人发明的杰作。来自欧洲的阿姆斯特朗、帕利译和特伊勒德鲍里耶[2]等大炮在他们海外的对手面前，只能弯腰认输了。

1　罗伯特·帕罗特（Robert Parker Parrott, 1804—1877）、道格林（John Adolphus Bernard Dahlgreen, 1809—1870）、罗德曼（Thomas Jackson Rodman, 1816—1871）皆是美国的军队将领。

2　阿姆斯特朗（William George Armstrong, 1810—1900）、帕利译（Sir William Palliser, 1830—1882）和特伊勒德鲍里耶（Treuille de Beaulieu, 1809—1886）都是大炮发明人，他们的姓氏因此成为武器的名称。前两位是英国人，后一位是法国人。

因此，在北方人和南方人艰苦战斗的时期，负责大炮部门的官兵占有首要地位。联邦的报纸热烈庆贺他们的发明成果，以至于连微不足道的小商贩和天真幼稚的傻子，没有一个不是日夜绞尽脑汁，计算着超出合理范围的荒谬弹道。

如果一个美国人想到了什么主意，他就会找第二个美国人分享。人数满三人，他们便选出一位主席、两位秘书。四人时，就再任命一个文件管理员，办事处即能运作起来。有了五个人，他们便召开会员大会，俱乐部也就成立了。这便是在巴尔的摩发生的情况。第一位发明新型大炮的人，与第一位浇铸这座大炮以及第一位钻炮膛的人共同合作。这就是大炮俱乐部的核心。在俱乐部组成之后一个月，已经拥有1833位正式会员和30,575位通信会员。

凡是想要加入组织的人，都必须符合一个必要条件，亦即他曾经发明，或者至少改良过一座大炮，若不是大炮，任何一种使用火药的武器也可以。不过，总归一句明白话，那些发明了十五发左轮手枪、回旋式卡宾枪或者军刀式手枪的人，在俱乐部里是得不到器重的。无论在任何情形下，和大炮有关的各类人才总是高人一等。

大炮俱乐部里一位学识最渊博的演说家有一天说道："成员们获得的敬重程度与他们大炮的'体积大小'成正比，且'直接依据'炮弹达到的'射程平方'而有所不同！"若再进一步推演，就会把牛顿的万有引力定律搬到道德领域里来了。

大炮俱乐部创立以后，美国人的发明天才在这方面所产生出来的成果，是不难想见的。战争用的武器变得巨大无比，射出的炮弹飞越了限定的界线，把毫无攻击意图的行人炸成两半。所有这些发明都把缺乏创新的欧洲炮火机具给远远抛在了后头。我们从以下的几个数字就能做评断。

往昔，36磅的炮弹只有在"时机恰好"时，才可能在300英尺距离的地方，从侧面横穿过36匹马和68个人。这是这门专业的童年时期。从那时候起，炮弹制造有了长足的进步。罗德曼大炮可以把半吨重的炮弹发射到7英里远[1]，想必能轻易打翻550匹马和300人。大炮俱乐部甚至要为此郑重举办一场实验。不过可惜的是，即使马儿同意进行实验，也找不到人来参与。

不管怎么说，这些大炮非常具有杀伤力，每一回发射炮弹，战士们就像镰刀下的麦穗一样纷纷倒地。1587年，在库特拉[2]让25人丧失战斗力的那颗著名炮弹；还有另外一颗炮弹，在1758年的

1　半吨等于500公斤。1英里合1609公尺又31公分，折算起来有将近3法里（合4公里）。（原文注）

2　库特拉（Coutras）位于法国的西南部。1587年的库特拉战役属于法国宗教战争中的一场战役，由新教徒打败皇家的天主教军队。

索尔多夫[1]杀死了40名步兵。1742年，克塞勒斯多尔夫[2]的奥地利大炮，每次开炮的轰炸力能把70个敌人给抛出去。这些武器和罗德曼炮弹相较之下，会有什么意义呢？那些在耶拿与奥斯特利兹[3]决定战役结果的惊人炮火算得了什么呢？在南北战争时期，我们见识过的炮弹威力可多着呢！在葛提斯堡战役中，由螺旋式大炮发射的一颗圆锥形炮弹，击中了173名南方联邦的士兵；在横渡波多马克河时，一颗罗德曼炮弹把215个南方军送进了显然比现世更美好的另一个世界。同样必须一提的，是大炮俱乐部的杰出会员暨常任秘书马斯通所发明的可怕的迫击炮，这项武器造成的结果更加致命，因为，它杀掉了337人……大炮在试射时当场爆炸，这可是千真万确的！

对于这些如此具有说服力的数字本身，还能做什么补充呢？一样也没有。那么，我们姑且毫无疑义地接受这个统计学家皮特凯恩的计算：他把大炮俱乐部会员的人数除以被他们的炮弹轰倒的受害者人数，发现他们每个人"平均"杀死了2375又几分之一

1　索尔多夫（Zorndoff）位于波兰，1758年欧洲七年战争时期，普鲁士和俄罗斯帝国的军队在此交战，普军获胜。
2　1742年普鲁士和奥地利为了王位继承问题在现今德国的克塞勒斯多尔夫（Kesselsdorf）发生战争，结果普军得胜。
3　德国的耶拿（Iéna）和奥地利的奥斯特利兹（Austerlitz）都是19世纪初欧洲著名战役的发生地点。当时法军在拿破仑的带领下，于两场战争中分别击败普鲁士军队和俄罗斯、奥地利的联军，从此奠定法国在欧洲称霸的地位。

的人。依这样的数字考虑，这个科学团体唯一关注的，显然是以博爱为目的来毁灭人类，并且改良那些被他们当作文明工具的作战武器。他们是一群灭绝天使，同时也是世界上最优秀的子孙。

必须附带说明，这些禁得起任何实验的勇敢美国佬，不单是研究公式，还付出了他们个人的性命。在他们之中，有上校或将军等各个阶级的军官，有各种年龄的军人，有的刚踏入军火行业，有的一直到老都待在炮架上。许多人永远长眠在战场上，他们的名字都列在大炮俱乐部的光荣名册里。而生还者大部分带着他们不容置疑的英勇标记——拐杖、木腿、人工手臂、铁钩手、橡胶制的颌骨、银质头盖骨、白金鼻子，各种式样，一应俱全。上述的数据皮特凯恩也做了统计：在大炮俱乐部里，四个人得不到一只胳臂，六个人才分得两条腿。

但是，这些勇敢的炮弹专家对此并不在乎，当战役公报登载的死伤人数是消耗炮弹量的10倍时，他们总会感到自豪，而他们也实在有理由这么想。

然而，有一天，一个忧伤、凄惨的日子，战争的幸存者们签下了和平协议，爆炸巨响逐渐终止，迫击炮沉默了。无限期罩上护套的榴弹炮和管首低垂的加农炮都被运回军械库，炮弹堆放在仓库里，血淋淋的回忆消逝了；接收了大量肥沃养分的田地上，棉花长得异常茂盛，丧服随着哀痛一起耗损殆尽，而大炮俱乐部也深深陷入无事可做的状态。

某些刻苦钻研的狂热工作者，依旧埋首致力于弹道计算；他们始终梦想着巨型炸弹和无与伦比的炮弹。可是，没有实际操作，这些空洞的理论又有什么价值呢？因此，俱乐部的大厅变得冷清无人，仆役们在宾客候见室里睡觉，报纸在桌上发霉，阴暗的角落里传来阵阵愁闷的打鼾声，昔日那么喧闹的大炮俱乐部会员们，现在却因犹如灾难一样的和平而变得沉默不语，沉睡在柏拉图式炮弹学的空想中！

"真是恼人。"一天晚上，勇敢的汤姆·杭特说道。他的一双木腿搁在吸烟室的壁炉旁，就要被烤成炭了。"没什么可做的！一件值得期盼的事也没有！多么乏味的生活！每天早上加农炮用愉快的轰隆声叫醒人的时光都到哪儿去了？"

"这样的日子不会再有了，"活泼矫健的毕勒斯比一面试图伸展他失去的胳臂，一面回答，"那时候可真是快活呀！谁要是发明了新的榴弹炮，大炮才刚铸成，他就跑去敌人面前测试；然后，带着谢尔曼的鼓励，或者和麦克莱伦[1]握过手，再回军营！可是，现在将军都回到他们的柜台边了，他们不发送炮弹，改发送

1　谢尔曼（William Tecumseh Sherman, 1821—1889）和麦克莱伦（George B. McClellan, 1826—1885）皆是美国南北内战时北方联邦的优秀将军。

棉花球！唉！圣巴尔伯保佑啊[1]！美国炮弹学的前途是完蛋了！"

"没错，毕勒斯比，"布伦斯贝里上校大声说，"这种失望可真是残酷啊！当初我们抛下安稳平静的习惯，练习操作武器，离开巴尔的摩来到战场上，表现得那么英勇无畏，两三年以后，却不得不丢下千辛万苦获得的成果，两手插入口袋里，在无所事事的可悲处境中昏沉度日。"

话尽管这么说，这位英勇的上校却实在摆不出这样一个游手好闲的姿势，然而，他缺少的倒不是口袋。

"未来一点战争的可能也没有！"大名鼎鼎的马斯通这时发言了，他边说边用他的铁钩手搔搔他那马来橡胶制的头壳，"天边没有半朵乌云，而这偏偏是炮弹科学正可以大有发展的时候！我要告诉你们，今天早上，我已经完成一份迫击炮的图样，连带平面图、剖面图和立视图都画好了，这种大炮必定会改变战争的法则！"

"真的吗？"汤姆·杭特反问道，他不由自主地想起这位可敬的马斯通上回试射大炮的情形。

"真的，"对方回答说，"可是，完成这么多研究，克服这么多困难，又有什么用呢？难道不是做白工吗？新世界的人民似

1　圣巴尔伯（Sainte Barbe）是炮兵、烟火施放者、救火员、炮击手和矿工等职业的守护神。

乎已经约定好了要和平相处，我们那充满斗志的《论坛报》[1]还预测将来的灾难会是由变相的人口增加引起的！"

"不过，马斯通，"布伦斯贝里上校接着说，"在欧洲，大家还一直为拥护民族自治原则而交战呢！"

"那又如何？有什么关联？"

"当然有关联！或许可以到那边探探门路，假使他们愿意接受我们的帮忙……"

"你真的这样想？"毕勒斯比叫了起来，"帮外国人研究弹道学！"

"这总比什么都不做好。"上校辩驳道。

"一点也没错，"马斯通说，"是比较好，不过，这个办法，我们想都不该想。"

"为什么？"上校问。

"因为，旧大陆人的晋级观念和我们美国人的习惯有冲突。那边的人相信，要先担任过少尉，才能成为司令将军。这就等于说，除非你亲自铸造过大炮，否则不可能会是一个好的大炮瞄准手！可是，我只能说，这实在……"

1　《论坛报》（*Tribune*）坚决支持联邦政府废除奴隶制度的主张，态度是所有报纸中最激进的。（原文注）

"荒唐可笑！"汤姆·杭特接腔说，他正用布伊刀[1]一点一点削他的座椅扶手，"事情既然如此，我们只好去种植烟草或者提炼鲸鱼油了！"

"什么？"马斯通以响亮的声音喊道，"我们难道不能利用活着的最后这几年来改良火炮？难道没有新机会可以试验我们炮弹的射程？大气圈不再因为我们炮火的闪光照射而亮起来？再也不会发生国际纠纷，让我们可以对大西洋对岸的某个强国宣战？难道法国人不会击沉我们的轮船，英国人不会无视《国际法》，绞死三四个我们的国民？"

"不，马斯通，"布伦斯贝里上校回答，"我们没这份福气！不！这些事端，没有一件会发生，而且，就算发生了，我们也无法加以利用！美国人容易被触怒的敏感个性正在一天天淡化，我们只能任炮弹学荒废了！"

"对，我们这是卑躬屈膝！"毕勒斯比回应道。

"而且别人也会侮辱我们！"汤姆·杭特紧接着说。

"这一切都是确切实情，"马斯通再度情绪激昂地说，"在现今的环境里，有成千个打仗的理由，而我们却不打！我们舍不得劳动臂膀和双腿，这反倒对那些不知道使用枪炮的人有利！

1　布伊刀（Bowie knife）是一种刀刃宽大的刀具。（原文注）

瞧，不需要到远处去找战争的理由，北美洲过去不是属于英国人的吗？"

"一点也没错。"汤姆·杭特一面回答，一面用他的木腿前端拨动炭火。

"很好！"马斯通又说，"那为什么不能轮到英国来属于美国人呢？"

"这算公平合理。"布伦斯贝里上校迅速回答。

"你们去向美国总统提议，"马斯通大声说，"看他会怎么接待你们！"

"他不会好好接待我们的。"毕勒斯比咬着四颗牙齿咕哝，这些牙齿是他从战役里保全下来的。

"我发誓，"马斯通喊道，"下回选举，他不必指望我的选票！"

"也别指望我们的。"这几位热衷战争的残疾者一致同声回答。

"照这样下去，"马斯通接着说，"总而言之，如果没有在真正战场上试验我的新型迫击炮的机会，我就退出大炮俱乐部，到阿肯色州的大草原里隐居去！"

"我们跟你一起去。"和大胆的马斯通交谈的这些人回应道。

事情发展至此，大家的不满情绪越来越高涨，而俱乐部面临着即将解散的威胁，这时候，一桩出乎意料的事件阻止了这场令人遗憾的灾难。

正是这段谈话的第二天，俱乐部的每一个会员都收到了一封写有下列字句的通知函：

巴尔的摩，10月3日

大炮俱乐部主席荣幸地通知会友们，我将在本月5日的会议上，就大家非常关心的问题提出报告。因此，我请求大家接受本函邀请，届时放下一切事务，前来参加会议。

衷心致意

大炮俱乐部主席安培·巴比·凯恩

第二章

巴比·凯恩主席的报告

10月5日晚上8点，联邦广场21号大炮俱乐部的几间大厅里挤满了人。居住在巴尔的摩的所有俱乐部会员都应他们主席的邀请赴约。至于通信会员们，快车正把他们一批又一批大举送进城内的大街小巷。举行会议用的前厅虽然宽敞，仍有许多科学家找不到座位，因此，隔壁的几个客厅里、走廊的尽头，一直到外面庭院中央，到处都是人。在那儿，科学家们撞见挤在门口的普通民众，民众全渴望着听到巴比·凯恩主席这场重要的报告，他们表现出在"自治"[1]观念的教养之下所特有的行动自由，你压我挤，互相推撞，每一个人都设法站到最前面几排来。

1　在此是指自己的事务自己管理。（原文注）

那天晚上，一个在巴尔的摩的外国人，就算开出天价，也不会被准许进入大厅。这个地方是单独保留给当地会员或通信会员的，除了他们以外，没有任何人能入座其中。城里的显贵、议会的市政官吏[1]都不得不混在他们所治理的市民之间，以便快速掌握从里面传出来的消息。

这座广大的俱乐部前厅展现了一幅奇特景致。宽阔的会场和它的使用目的非常相称。高大的柱子由大炮堆叠而成，基底是厚重的迫击炮，柱子支撑着拱形圆顶的精巧框架，那框架则是用打洞钳敲出来的真正生铁花边。成套的短铳枪、喇叭口火枪、钩铳火枪、卡宾枪，以及所有古老或现代的武器，全在墙上向着四方铺排，交叉陈设，构成一幅如画的集锦。燃烧的煤气从上千支转轮手枪所组成的分枝灯架上喷出熊熊火焰，而一束束步枪做成的枝形大烛台使得照明更加完美辉煌。大炮模型、青铜炮样品、被打得千洞百孔的枪靶子、被俱乐部的炮弹给炸裂的钢板、整组的送弹棍和擦炮筒的圆刷、一串串念珠似的炸弹、一条条项链般的炮弹、一圈圈花环样的榴弹……总之，所有这些炮手使用的工具都因为出众的布置而使人惊艳不已，让人觉得它们真正的用途是装饰多于杀人。

在荣誉台上，可以看到一块以亮丽的玻璃柜保护着的炮闩，

1　英文selectmen指由民众选出来管理城市事务的行政官员。（原文注）

已被火药炸得破碎扭曲，那是马斯通的大炮的珍贵残骸。

主席和四位秘书占据着大厅尽头的一个宽广平台。他的座位高高摆在以雕花装饰的炮架上，整体呈现出32英寸迫击炮强而有力的形状，椅身被固定成90度夹角，并且悬放在几个转轴上，这样一来，主席便能像坐摇椅一样前后摆动，这在大热天里非常舒服。在一张由六座海军大炮顶着的宽大钢板桌子上，可看到一个式样精致的墨水瓶，是由雕镂优美的大口径火铳的枪弹做成的，桌上还有一只响铃，能像左轮手枪一样发出爆炸声。在辩论激烈的时候，这只新型响铃的铃声恰巧足以盖过这群过度激动的炮弹科学家的声音。

在桌子前面，有好几张软垫长椅排列成"之"字形，如防御工事的封锁壕一般，形成连续不断的棱堡和护墙，那儿是大炮俱乐部会员的座位。那天晚上，可以说是"壁垒上众将云集"。大家对主席的为人都有足够的了解，知道他若是没有重要理由，不会无端打扰他的同僚。

安培·巴比·凯恩是一个40岁的人，沉着、冷静，严肃刻苦，思考极其缜密而专注；他像计时秒表一样精确，具有禁得起任何考验的性格与不可动摇的意志；虽然缺乏骑士风度，却爱好冒险，不过，即使在最大胆的行动中，他仍保持务实的精神。他是杰出的新英格兰人，是北方的殖民拓荒者，是曾予以斯图亚特王朝重创的圆颅党[1]的后裔，也是那些身为母国古骑士的南方绅士的死敌[2]，换言之，他是一位彻头彻尾的美国佬。

巴比·凯恩早年靠木材生意赚了大钱，南北战争时期，被任命为炮弹制造业的理事长，在炮弹发明的表现相当突出，他的思想大胆前卫，对这项武器的进步贡献极大，给炮弹实验带来无可比拟的推动力。

此人中等身材，拥有完好的四肢，这在大炮俱乐部里是个稀有例外。他的脸部线条鲜明突出，像是用角尺和直线笔勾勒出来似的。有人认为，要猜出一个人的禀性，必须观察他的侧面轮廓，假如这个说法是真的，那么从侧面来看巴比·凯恩，他给人最明确的印象应该是坚毅、大胆和冷静。

此刻，他动也不动地坐在他的扶手椅上，一语不发，全神贯注在自己的内心世界，藏在他那顶像是拴在美国人头上的黑丝高筒帽之下。

他的同僚在周围高声交谈着，却没有打扰他的思绪。他们相

1　斯图亚特家族（Les Stuarts）是一个历史悠久的苏格兰家族，于17世纪时统治英国，建立斯图亚特王朝。其国王查理一世主张君权神授，多次解散议会，拥皇派和支持议会的圆颅党（Têtes-Rondes）因此爆发战争，结果查理一世被处死，英国因此建立共和政体。圆颅党的党员大多为清教徒，他们将头发理短，样貌与当时留长发的权贵阶级十分不同，因而得名。
2　美国南北战争也是以代表清教徒的北方"洋基（Yankee）文化"和以黑奴经济为基础的南方"骑士文化"之间的对立。

互询问，进行种种臆测，打量着他们的主席，想从他那不动丝毫声色的脸上找出未知数，但他们什么也没找到。

大厅的时钟大发雷霆似的敲响了晚上8点，这时候，巴比·凯恩仿佛弹簧弹开一般，倏地站了起来。会场上一片安静，这位演说者以稍微夸张的口吻，开始发言：

"正直的会友们，自从贫乏的和平使得大炮俱乐部的会员陷入令人惋惜的无谓处境以来，已过了很长一段时间。经过了战事频繁的几年，我们不得不舍弃我们的工作，在进步的道路上完全停顿下来。我不怕大声宣布，一切能够重新把武器交到我们手上的战争都是受欢迎的……"

"对，战争！"躁进的马斯通喊道。

"听下去！听下去！"会场的四方都有人在抗议。

"但是战争，"巴比·凯恩说，"在目前的情况里，不可能有战争，不管刚才打断我说话的这位可敬人士有什么期待，要我们的大炮能在战场上轰鸣之前，还得经历漫长的许多年。所以，我们必须打定主意，到另一个思想的领域里，为这吞噬我们心力的活动寻找粮食！"

与会的人感觉他们的主席将要触到要点了，都加倍注意聆听。

"近几个月以来，我正直的会友们，"巴比·凯恩接着说，"我一直思索我们能不能在我们的专业里，进行一项无愧于19世纪的伟大实验，弹道学的进步是否能帮助我们出色地完成这项工作。我因此多方考虑、工作、计算，我的研究结果让我坚信，我们必能在其他国家看似无法实行的事业中获得成功。这个经过长久构思的计划将是我今天报告的内容。这个计划无愧于你们，无愧于大炮俱乐部的过去，它将会在世界引起轰动！"

"引起轰动？"一个情绪热烈的炮弹学家大声说。

"确实将引起轰动。"巴比·凯恩回答。

"不要打断他的话！"好几个声音重复地说。

"所以，我要请求正直的会友们，"主席接着说，"专注听我所说的话。"

会场中传来一阵轻微骚动。巴比·凯恩迅速地调正他的帽子，以平静的声音继续演说：

"正直的会友们，你们每个人都看过月球，或者至少听人谈论过，你们不要惊讶我在这儿谈这座黑夜里的天体。我们或许注定要成为这个未知世界的哥伦布。请你们了解我，尽全力协助我，我要带领你们征服它，它的名字将会列入这个伟大联邦国的36个州里！"

"乌拉[1]！月球！"整个大炮俱乐部齐声呼喊。

1　乌拉（hurrah）是海军表示致敬的欢呼，也常用来指热情洋溢的喝彩。

"我们对月球做过许多研究，"巴比·凯恩接着说，"它的质量、密度、重量、体积、成分、动态、距离，它在太阳系里的角色，都已经完整确立了。我们绘制的月球表面图，其完美程度，即使没有超越地表图，也是不相上下了；摄影技术也证实我们的卫星美丽无比[1]。总之，举凡数学、天文学、地质学、光学所能教导我们有关月球的事，我们都知道；可是，我们还从来不曾和月球有过直接的联系。"

这几句话引来了听众强烈的兴趣和惊奇。

"容我简短地向你们追述，那些踏上了幻想旅行的狂热心灵，如何声称揭露了我们卫星的秘密。17世纪时，某位名叫戴维·法布里修斯[2]的人夸口说曾经亲眼看到月球的居民。1649年，法国人让·鲍杜安[3]出版了《西班牙冒险家多明尼哥·龚萨雷的月球旅行记》。同一时期，法国作家西哈诺·德·贝杰拉克[4]的知名探险著作《月世界旅行记》问世了，此书在法国大受欢迎。

1　参见瓦洪·德拉律（M. Warren de la rue, 1815—1889）为月球拍下的多张精彩相片。（原文注）

2　戴维·法布里修斯（David Fabricius, 1564—1617），德国神学家、天文学家。

3　让·鲍杜安（Jean Baudoin, 1590—1650），法国作家，精通拉丁文及多国语言，也是法兰西学院院士。

4　西哈诺·德·贝杰拉克（Cyrano de Bergerac, 1619—1655），法国军人、作家、哲学家，他的著作《月世界旅行记》（*L'Histoire comique des États et Empires de la Lune*）（1657）被视为科幻小说的先驱作品。中国读者较熟悉的应该是取材自他传奇一生的法国电影《大鼻子情圣》（*Cyrano de Bergerac*）。

之后，另一位法国人（这些法国人倒是非常关心月球）叫作封特奈勒[1]写了一本《多元性的世界》，这本书在他那个时代是一部杰作；可是不断进步的科学把这部杰作碾得粉碎！1835年前后，一本从《美国的纽约》一书翻译而来的小册子，叙述约翰·赫雪尔爵士[2]被派遣到非洲南端的好望角做天文研究，他利用一台由内部照明的精良望远镜，把月球拉近到80码[3]的距离。这时，他清楚地看到有河马栖息的岩洞、镶着黄金花边的青色山脉、长着象牙角的绵羊、白色的麂子、有蝙蝠膜翅的居民。这本小册子是一个名为洛克的美国人的作品，受到极度好评[4]。但是不久，大家就承认这是一桩科学的骗局，而法国人是最先发难嘲笑的。"

"嘲笑美国人！"马斯通高声喊道，"这就是一个宣战的理由！"

"请放心，我高贵的朋友。法国人在嘲笑我们之前，曾经被我们的同胞大大愚弄了一番。在结束这段简短的历史说明之前，

1　封特奈勒（Bernard Le Bouyer de Fontenelle, 1657—1757），法国作家、法兰西学院院士，终其一生关注科学发展，捍卫笛卡儿的主张，对于启蒙时代的科学普及化贡献良多。

2　约翰·赫雪尔爵士（Sir John Herschell, 1792—1871），英国著名的天文学家、数学家、摄影家。是后面章节提到的天文学家威廉·赫雪尔（William Herschell, 1738—1822）的儿子。

3　1码（yard）稍短于1公尺，约是91公分。（原文注）

4　这本小册子由共和主义者拉维宏（Gabriel Laviron, 1806—1849）在法国发行，拉维宏于1849年法军围攻罗马城时被杀。（原文注）

我补充一下，有一位来自荷兰鹿特丹的汉斯·浦法勒坐在一个充满着由氮气提取出来的气体的气球中，这种气体比氢气还要轻37倍，气球载着他冲向天空，历经19天的飞行后，到达了月球。这个旅行，就和前面提及的几个尝试一样，仅仅是想象的，不过，这是美国一位深受大众喜爱的作家的著作，这位作家拥有奇特且引人冥思的才华。我指的是爱伦·坡[1]！"

"乌拉！埃德加·爱伦·坡！"会场里的人受到他们主席的话语激励，都兴奋地高喊。

"我称上述这些为纯粹的文学尝试，它们完全不足以与这个黑夜里的天体建立真正的联系，有关这方面，我就报告到此。然而，我必须另外提到，有一些讲求实际的脑袋也试图和月球做真正的交流。几年以前，有一位德国几何学家就提议派一个科学家团队到西伯利亚荒原去。他们要在那儿的广阔平原上，利用会发光的反射器，绘制一些巨大的几何图形，其中包括由直角三角形的斜边构成的正方形图，法国人给这种斜边取了一个通俗的名称叫'驴子桥'。'凡是有理解能力的人都应该了解这个图形的目的。'那个几何学家说，'假如赛雷尼特人[2]存在，他们便会以相

---

1 爱伦·坡（Edgar Allan Poe，1809—1849），美国作家、诗人，以惊悚悬疑小说闻名，一生共创作50余首诗、70余篇短篇小说和无数评论，是著名的鬼才作家。
2 原文Sélénite指的是月球上的居民。（原文注）

似的图形做响应，一旦联系建立了，就不难创造一套字母，来和月球上的居民交谈。'德国几何学家的确这样说，但是他的计划并没有付诸实施，直到今日，地球和它的卫星之间还没有任何直接的联系。不过，上天注定要由实事求是的美国人来和星体世界建立关系。要达成这个目标的方法，简单、容易、可靠，万无一失，以下将是我的建议内容。"

迎接这些话的是一阵欢呼和暴风雨般的掌声。参加这场会议的人没有一位不被演说者的这番话所征服，为其着迷，受其俘获。

"听下去！听下去！安静！"四面八方都有人叫喊。

待会场中的激动情绪平静下来以后，巴比·凯恩以更庄严的声音，接续他被打断的演说：

"你们都知道，"他说，"这几年以来，弹道学有了如何长足的进步，而假如战争继续，火炮能够达到怎样完美的程度，你们也不会不知道。普遍来说，大炮的后坐力和火药的膨胀强度都是无限的。那好！根据这个原则推论，我在想，是不是有可能利用一个具备一定反作用条件的适当装置，将一颗炮弹发射到月球上？"

听到这些话，上千个喘不过气来的胸膛里，发出了惊愕的一声："啊！"接着有片刻的寂静，就像是雷声响起之前的深沉宁静。的确，雷响了，不过，那是由震动会场的鼓掌、欢呼、喝彩形成的雷声。主席想要继续说话也办不到。一直到10分钟以后，大家才听见他的话。

"请让我讲完，"他冷静地接着说，"我由各个方面考虑过这个问题，我信心坚定地着手研究，从我无可置疑的计算中，得到的结论是：凡是开始速度为每秒12,000码[1]的炮弹，只要瞄准月球，必然就能直达。所以，我荣幸地向你们建议，我正直的会友们，来试试这个小小的实验！"

1　12,000码大约等于11,000米。（原文注）

第三章

巴比·凯恩的报告所引发的回响

可敬的主席最后那几句话所产生的回响实在难以描述。多么激昂的叫喊！多么高声的喧哗！吼叫声、乌拉声、"嗬！嘿！咳！"的叫嚷声，以及英文里所有的大量拟声词全都接连不断地涌出！一片无法形容的混乱、嘈杂！人们嘴巴叫嚷、双手击掌，两脚把大厅地板踩得不断震动。就算这座炮弹博物馆的所有武器同时开火，其扰乱声波的程度也不会比这剧烈。这倒也不令人惊讶。有些炮手几乎就和他们的大炮一样吵。

巴比·凯恩态度平静地处在这场热烈的喧闹中，他或许还想对会友说一些话，因为他做手势要求大家安静，他那暴怒的响铃也拼命地发出强烈的爆炸声，大家却连听都没听到。没过多久，听众就把他从座椅上拉下来，像庆祝胜利一般把他举起来欢呼，他从忠诚的会员伙伴手中，被送到同样兴奋异常的群众手里。

没有什么能吓得倒美国人。我们经常说法文里没有"办不到"这个词，我们显然是翻错了词典。在美国，一切都容易，一切都简单，至于机械上的困难，还来不及产生就已经解决了。在巴比·凯恩的计划和其付诸实现之间，没有一个真正的美国佬会允许自己瞥见困难的迹象。事情一经说出，就一定能做到。

主席的胜利游行一直持续到很晚。那是一场真正的火炬游行。爱尔兰人、德国人、法国人、苏格兰人，所有这些组成马里兰州人口的不同族群，都用他们的母语高声叫喊，喝彩声、乌拉声、叫好声，在难以名状的激昂情绪中，混杂成一片。

月亮好像了解到这是关于自己的事，也正因为如此，它从容地纵情发光，灿烂的光芒把周围的星光都掩盖了。每一个美国佬都望着这光辉闪烁的月盘子；有的人对它招手，有的人用最温柔的名字呼唤它，这边的人目测它的大小距离，那边的人握拳威胁它；从晚上8点到半夜，琼斯法乐街的一位眼镜商，靠着卖望远镜而发了财。大家拿起望远镜，瞭望着这个黑夜里的星体，就好像它是一位上流贵妇似的。美国人摆出所有者的姿态，对它举止随便。仿佛金发的芙蓓[1]已经属于这些大胆的征服者，而月球早已

---

1 芙蓓（Phoebé）是希腊神话中的月亮女神。

成为联邦领土的一部分。然而，不过就是发送一颗炮弹到那儿，这样子建立起来的联系，即使是对一个卫星，也算是相当粗暴的了。可是，这种联系方式在文明国家之间却十分通行。

半夜12点的钟声刚响过，高昂的热情却丝毫没有降温；这股热情在市民的各个阶层里都保有同等分量；官员、学者、大批发商、小贩、脚夫、精明的人和"青色的人"[1]都一样，全都感觉他们最纤细的心弦被拨动了。这是一项全国性的事业，上城、下城、帕塔普斯科河流经的堤岸、锚地里无法出航的船只上……到处都挤满了群众，他们陶醉在欢乐之中，也陶醉在杜松子酒和威士忌之中。每个人都在交谈、夸说、讨论、争辩、赞同、鼓掌叫好，从酒吧间那些懒散地躺在长沙发上，面前摆着一大杯雪利皮匠[2]的绅士，一直到费乐斯角的阴暗小酒馆里喝"烧心"[3]喝得醉醺醺的船夫，无一例外。

然而，接近凌晨2点时，激动的情绪终于平静下来。巴比·凯恩主席总算得以回到家中，他精疲力竭，疲乏不堪。即使

---

1 美国英文的惯用词，用来指天真幼稚的人。（原文注）
2 雪利皮匠（sherry-cobbler）是一种鸡尾酒，由兰姆酒、柳橙汁、糖、桂皮和肉豆蔻混合调制而成。这种深黄色的饮料通常装在大型啤酒杯里，用玻璃吸管来饮用。（原文注）
3 一种烈性烧酒，是下层平民常喝的可怕劣质饮料。（原文注）

像海克力士[1]一样的大力士也抵挡不了这样的狂热。群众渐渐离开了广场和街道。会集在巴尔的摩的四条通往俄亥俄、萨斯奎哈纳、费城和华盛顿的铁路，把沾染了炸药味的会议听众送到了美国各个角落，城市才平静下来。

若以为在这个值得纪念的夜晚，只有巴尔的摩城陷入兴奋状态，那可就错了。联邦所属的大城市——纽约、波士顿、阿尔巴尼、华盛顿、里奇蒙、新月城[2]、查尔斯顿、莫比尔城；从得克萨斯州到马萨诸塞州，从密歇根州到佛罗里达州，所有的城市也都在分享这份狂热。事实上，大炮俱乐部的30,000名通信会员都收到主席的通知信，他们也抱着同样急切的心情等待10月5日这篇特殊的报告。因此，当天晚上，报告中的字句一从演说者的唇间说出，就立刻以每秒248,447英里[3]的速度，经由电报线跑遍联邦各州。所以，我们绝对有把握地说，比法国大10倍的美利坚合众国是在同时发出单一的乌拉声，2500万颗充满骄傲的心，都随着同一个脉搏在跳动。

第二天，1500份日报、周刊、半月刊或者月刊都大篇幅地讨论这个问题，它们从政治或文化的观点，研究这个题目的物理、

1　海克力士（Hercules）为古希腊神话的英雄，拥有非凡的力气，创下不少勇武的功绩。

2　纽奥良的别名。（原文注）

3　约等于10,000法里，这是电流传播的速度。（原文注）

气象、经济或道德等各个不同方面。他们争论月球会不会是一个已完成的世界？是否不会再发生任何改变？月球的情况是不是就像大气层尚未存在时的地球？在地球上看不到的那一面是何种景象？虽然目前的计划是发送一颗炮弹到这黑夜里的天体，但所有人都看到这是一系列实验的开端；大家都一致期待，有一天美国将会揭开这个神秘盘子的最后秘密，甚至有些人似乎已开始担心征服月球会明显扰乱欧洲的势力平衡。

在讨论完之后，没有一份报刊质疑这项计划的实现。由学术、文学、宗教团体所出版的文集、手册、公报、杂志都强调这项计划所带来的益处，波士顿的"自然史学会"、阿尔巴尼的"美国科学与艺术学会"、纽约的"地理与统计学会"、费城的"美国哲学学会"、华盛顿的"史密森尼学会"[1]寄出上千封信件祝贺大炮俱乐部，并表示愿意提供实时的金钱与服务。

因此可以说，从来没有一项提议能集合为数这么多的支持者，那些犹豫、怀疑、担心的情况，根本就不存在。至于在欧洲，特别是在法国，那些针对朝月球发射炮弹的想法而出现的调侃、讽刺画、歌曲，恐怕对其作者完全没有好处，在普遍的公

1　史密森尼学会（I' institution Smithsonian），美国半官方性质的博物馆机构，拥有上亿件的艺术品和标本，是世界最大的博物馆系统和研究中心的集合体。

众愤怒面前，世界上所有的"护身棒"[1]都无力保护他们。在新世界，有些事情不容许被嘲笑。所以从那天起，安培·巴比·凯恩变成了美国最伟大的公民之一，好比科学界的华盛顿，这就和许多例子一样，显示了一个国家的人民对于一个人的突然崇拜可以达到什么地步。

在大炮俱乐部那场有名的会议过后几天，一个英国剧团经理宣布在巴尔的摩剧院上演《无事生非》这出戏。但是，市民认为这个剧名对巴比·凯恩的计划有侮辱性的影射，他们涌进戏剧厅，砸坏座椅，强迫不幸的经理更换海报。这位经理是个聪明人，他顺从公众的意愿，用《皆大欢喜》[2]来代替那一部倒霉的喜剧，随后在几个星期之内，获得了惊人的票房收入。

1 护身棒（life-preserver）指一种袖珍型武器，用柔韧的金属细条制成，尖端有一颗金属球。（原文注）
2 《无事生非》与《皆大欢喜》皆是莎士比亚的喜剧。（原文注）

第四章

剑桥天文台的回信

　　然而，巴比·凯恩在人们对他的欢呼喝彩声中，并没有浪费掉片刻时光。他留心的第一件事就是召集他的会友到大炮俱乐部的办公室来。在那儿，经过讨论之后，大家同意就计划的天文学部分咨询天文专家。一旦得到他们的答复，届时再来讨论机械的装置方法，为了保证这个伟大实验的成功，任何事都不应该忽略。

　　所以，大家拟定了一份内容非常明确的通知，包含一些专门的问题，然后将通知寄给位于马萨诸塞州的剑桥天文台。剑桥——这个美国第一座大学的创建地，正是以其天文学闻名。那里聚集了一群极有贡献的学者，而且还架设有威力强大的望远镜，透过这台仪器，天文学家邦德[1]解开了仙女座星系的谜团，也使得克拉克[2]发现了天狼星的卫星。因此，这个远近驰名的机构有着十足充分的理由获得大炮俱乐部的信任。

于是两天之后，那封大家迫切等待的回信就送达了巴比·凯恩主席的手中。信上是这样写的：

剑桥天文台台长致巴尔的摩大炮俱乐部主席

剑桥，10月7日

本办公室接到以大炮俱乐部全体会员名义寄给剑桥天文台的尊函后，立即召开集会，并认为应予以适切回答如下：

尊部向办公室提出的问题有：

一、有可能发射炮弹到达月球吗？

二、地球与其卫星之间的准确距离是多少？

三、在足够的初速推动下，炮弹要经过多长时间才会到达月球？据此，应该在什么时间发射，以便炮弹能在月球上的特定地点坠落？

1　邦德（George Phillips Bond，1825—1865），美国天文学家。

2　克拉克（Alvan Clarke，1804—1887），美国天文学家、望远镜制造者。

四、月球在什么时刻，会出现在容易让炮弹击中的位置？

五、发射炮弹的大炮应该瞄准天空的哪一点？

六、炮弹发射时，月球会位于天空的哪一个位置？

关于第一个问题：有可能发射炮弹到达月球吗？

回答：有可能，假如我们能使炮弹的初速推进到每秒12,000码，就有可能发射炮弹到达月球。计算证明，这个速度是足够的。随着物体逐渐远离地球，重力作用会以与距离平方成反比的方式递减，也就是说，当距离增大3倍时，重力作用就减弱9倍。因此，炮弹的重量会快速减少，最后在月球的引力和地球的引力平衡时，亦即炮弹到达路程的47/52时，它所受的重力将会完全消失。这时候，炮弹不再具有重量，而如果它越过了这个点，就会单单受月球引力的作用而坠落到月球上。所以，理论证明这个实验是绝对可行的。至于实验成功与否，完全依发射装置的强度而定。

关于第二个问题：地球与其卫星之间的准确距离是多少？

回答：月球环绕地球运行的轨道并非正圆形，而是椭圆形，我们地球占据椭圆形的两个焦点其中之一；由此得知，月球有时距地球近，有时距地球远，或者，以天文学的术语来说，它有时在远地点，有时在近地点。然而，在此一情况中，最长的距离和最短的距离之间的差距相当大，大到了我们不能忽视的程度。实际上，月球在远地点时离地球有247,552英里，在近地点时，只有218,657英里。两者之间相差了28,895英里，也就是多于全距的1/9。因此，应该以月球的近地点距离作为计算的基础。

关于第三个问题：在足够的初速推动下，炮弹要经过多长时间才会到达月球？据此，应该在什么时间发射，以便炮弹能在月球上的特定地点坠落？

回答：假如炮弹一直保持离开地球时推进的每秒12,000码的初速，它只需9小时左右就可到达目的地；可是，因为开始的初速会持续降低，经过整体计算，炮弹将会花上300,000秒，即83小时又20分才能到达地球引力和月球引力相互平衡的那个点，而从这个地方，还需要

50,000秒，即13小时53分又20秒，才会坠落到月球上。因此，在月球到达瞄准点之前的97小时13分又20秒时发射炮弹最为恰当。

关于第四个问题：月球在什么时刻，会出现在容易让炮弹击中的位置？

回答：根据上述提到的信息，首先必须选定月球位在其近地点的时期，同时也必须是它穿过天顶的时刻。如此就能使炮弹的路径，减少一段等同于地球半径的距离，亦即3919英里。因此，最终的路径将是21,4976英里。不过，月球每个月一次经过近地点时，却不一定会在同一时间位于天顶。只有每隔一段很长的时间，它才会同时处在这两个条件内。所以，必须等待它穿过近地点和天顶的两个时刻一致。幸运的是，明年12月4日，月球正巧同时符合这两项条件：它在午夜12点时位于近地点，也就是它与地球的距离最短，而它也在此同一时间穿过天顶。

关于第五个问题：发射炮弹的大炮应该瞄准天空的哪一点？

回答：如果我们同意前述的观察报告，那么大炮应该瞄准发射地点的天顶[1]；如此一来，射击线就与水平面垂直，炮弹也能较为快速地脱离地心引力的作用。不过，要使月球上升至天顶，发射地点的纬度必须不能高于月球在运行轨道上的倾斜度，换句话说，发射炮弹的地点必须设在南纬或北纬的0度到28度之间[2]。要是定在其他不管哪个地方，都会不得不倾斜射击，这会妨碍实验的成功。

关于第六个问题：炮弹发射时，月球会位于天空的哪一个位置？

回答：在炮弹射进太空中时，每日前进13度10分35秒的月球应该位于距离天顶4倍于这个数字远的地方，即52度42分20秒，这段距离等于月球在炮弹射达它的时间里所前进的路程。可是，我们也必须考虑到地球自转将造成炮弹偏离，而炮弹只有在偏离相当于16个地球

1　天顶指的是位于观测者头顶上方垂直延伸的天空中的那个点。（原文注）
2　事实上，只有在介于赤道和南北纬28度之间的地区，月球的中天会来到天顶，过了28度纬线，越靠近两极地带，月球和天顶的距离就越远。（原文注）译注：中天是天体通过当地子午圈的位置。子午圈就是以观测者为中心，从正北、天顶、正南、天底，再绕回正北的大圈子。天文学和航海学上，利用中天来标示天体的方位。

半径的一段距离之后，才能到达月球，依月球的轨道来计算，这大约等于11度，因为这个原因，我们必须把这11度加到前面已经提及的月球比炮弹更迟到达天顶的距离，以整数计算，总共是64度。所以，在发射炮弹时，我们望向月球时的视直线和发射地的垂直线，会形成64度夹角。

以上是剑桥天文台对大炮俱乐部会员提出的问题所做的答复。

简单摘要成如下几点：

一、大炮应该设置在位于北纬或者南纬0~28度之间的地方。

二、炮口应该瞄准其所处位置的天顶。

三、炮弹推进的初速应该为每秒12,000码。

四、应该在明年12月1日晚上10点46分40秒时发射炮弹。

五、炮弹将于发射后四天，亦即12月4日午夜整到达月球，这也正是月球穿过天顶的时刻。

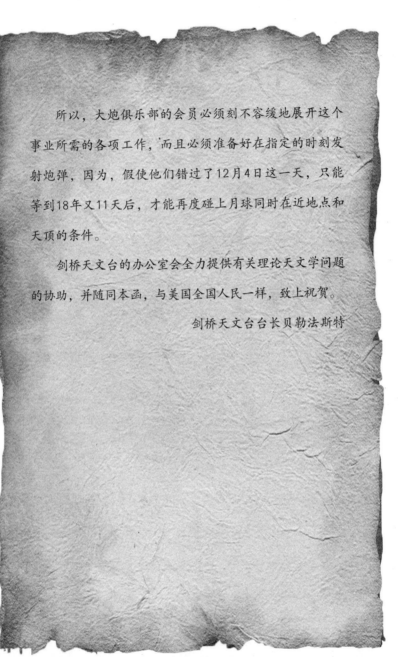

　　所以，大炮俱乐部的会员必须刻不容缓地展开这个事业所需的各项工作，而且必须准备好在指定的时刻发射炮弹，因为，假使他们错过了12月4日这一天，只能等到18年又11天后，才能再度碰上月球同时在近地点和天顶的条件。

　　剑桥天文台的办公室会全力提供有关理论天文学问题的协助，并随同本函，与美国全国人民一样，致上祝贺。

剑桥天文台台长贝勒法斯特

第五章

月球的故事

假使在混沌初开时期，将一名眼光无比锐利的观测者放置在一个世界绕着他旋转的未知中心，他就会看见空间里充满着数不尽的原子。但是，经过几个世纪的时间，变化渐渐产生了，万有引力定律出现了，那些截至目前为止一直游移不定的原子都受到这个定律的支配。这些原子依照它们的化学亲和性相互组合，化为分子，并形成一团团云雾状的物质，散布在太空深处。

这些团形的物质立即绕着它们的中心点旋转，而由性质模糊的分子所形成的这个中心点也开始一面自转，一面逐渐凝聚；根据力学中永恒不变的定律，体积随着凝聚而开始缩减，旋转的速度也会加快，这两个作用持续下去，结果便是产生主星，它就是云雾状物质的中心。

当观测者仔细观看时，他会看到这团云雾状物质的其他分子也像中央主星一样，以它们自己的方式渐次加速自转而凝聚起来，并且形成无数星体，围绕着中央主星旋转。星云就这样形成了。据天文学家统计，目前存在有将近5000个星云。

　　在这5000个星云之中，有一个被人类命名为银河，包含了1800万颗星体，每颗星体又各自成为一个太阳系的中心。

　　假如观测者这时候特别审视这1800万个星体之中最不起眼且最暗淡的[1]一颗四等星，也就是被骄傲地称为太阳的星体，那么，太阳系形成时的各种现象都将在他眼底下逐一完成。

　　事实上，当时的太阳仍是气体状态，由众多运动中的分子所组成，观测者会瞧见太阳正循着自身的轴心旋转，完成凝聚的工作。这个符合力学定律的运动随着体积的缩小，变得越来越快。因而到了这么一个时刻：离心力战胜了把分子推往中心的向心力。

　　这时候，另一个现象会在观测者眼前发生。位于天赤道面的分子，像是石头从突然断裂的弹弓绳子飞射出来一般，在太阳周围形成许多类似土星光环的同心环。这些环状的宇宙物质围绕着中央团块旋转，接着也轮到它们裂开，分解成第二层级的云雾状物质，我们称它们为行星。

1　天文学家霍拉史东认为，天狼星的直径应该相当于太阳直径的12倍，即430万法里。（原文注）

假使观测者这时把全部的注意力集中在这些行星上，就会看见它们的运作模式与太阳完全一样，产生出一个或多个宇宙环，这便是我们称作卫星的低层级星体的起源。

所以，从原子往上推到分子，从分子到云雾状团块，从云雾状团块到星云，从星云到主星，从主星到太阳，从太阳到行星，从行星到卫星，我们看到天体从宇宙初期以来所经历的一系列变化。

太阳似乎迷失在辽阔的恒星世界里，然而，当代的科学理论证明，它是与银河星云联系在一起的。这个太阳系的中心，尽管在太空中看起来如此渺小，事实上却是十分庞大，它的大小是地球的140万倍。在太阳周围，有8颗行星环绕它旋转，那正是创始之初，从它犹如母亲般的腹部里孕育出来的。由离太阳最近到最远，这些星体分别是水星、金星、地球、火星、木星、土星、天王星和海王星。此外，在火星和木星之间，还有不少其他较小的物体在规律地运行着，它们或许是某个爆裂成数千块的天体所剩下的飘移碎片。时至今日，能用望远镜看到97片[1]。

太阳借由伟大的万有引力定律，控制在椭圆形轨道上的这些仆人，其中几个也有自己的卫星。天王星有3个，土星有7个，木

1　这些小行星的其中几颗体积之小，让人可以用仅仅一天的时间，以小跑步的方式绕行一圈。（原文注）

星有4个，海王星可能有3个，地球1个。地球拥有的这颗星，是太阳系里最不重要的卫星之一，叫作月球，美国人想用大胆天才去征服的，正是它。

月球，这个黑夜的星体，由于距离地球较近，而且在不同的相位会快速变换景致，所以，早期和太阳一样，受到地球居民的注意。但是，太阳容易让人视力疲乏，它那灿烂的光芒迫使观望的人低下眼睛。

相反地，金黄色的芙蓓较平易近人，任由人随心所欲地欣赏她朴实的优雅；她柔和悦目，不会野心勃勃，然而，有时她也会大胆地遮住她哥哥——耀人的阿波罗[1]的光彩，却从来不曾被哥哥遮住。伊斯兰教徒早已了解到，他们应该对这位地球的忠实女友心存感激，于是按照月球公转的周期[2]来制定月份。

原始民族对这位贞洁的女神有份特殊的崇敬。埃及人称她为伊西斯；腓尼基人把她取名叫阿斯塔蒂；希腊人用芙蓓这个名字来崇拜她，认为她是拉托娜和朱庇特的女儿[3]，他们将月食解释为

1　阿波罗（Apollon），希腊神话中的太阳神。

2　大约是29天半。（原文注）

3　众神之王朱庇特（Jupiter）和暗夜女神拉托娜（Latone）生育了一对子女，男孩是太阳神阿波罗，女孩是月神芙蓓。

黛安娜秘密造访英俊的恩底弥翁[1]。若相信神话传说的描述，涅墨亚狮子[2]在来到地球之前，曾跑遍了月球的原野。根据作家普鲁塔克[3]引述，诗人阿杰西亚纳克斯在他的诗句中颂扬那由令人崇敬的塞勒涅女神[4]的发光部分所形成的温柔的双眼、迷人的鼻子和可爱的嘴巴。

虽然从神话的角度来看，古代人相当了解月亮的品格和性情，简单来说，就是月亮精神层面的优点。但他们当中最博学的人对月球学仍旧一无所知。

然而，不少远古时代的天文学家倒是发现了某些今日科学证实的月球特点。古希腊的阿卡迪亚人声称，他们在月球还不存在的时期就居住在地球上了。古罗马国王塔修斯将月亮视为从日盘上脱离出来的碎片。哲学家亚里士多德的弟子克雷亚尔克把月亮当作是一面光滑的镜子，上头映照着海洋的影像。最后，另外一些人认为，月亮不过是从地球上飘散出的一团蒸汽，又或者是颗

1　黛安娜（Diane）为第一代月亮女神芙蓓的别名，外貌俊美的牧羊人恩底弥翁（Endymion）是月神的恋人，无奈这段天神与凡人的恋情，注定遭到众神的惩罚，恩底弥翁因此永远沉睡。
2　涅墨亚狮子（lion de Némée）是希腊神话中有名的巨狮，有一身刀枪不入的厚皮，性格残暴，后来被海克力士所杀。
3　普鲁塔克（Plutarque，公元46—公元125），罗马时期的希腊作家，作品在他生前和死后都深受欢迎，据学者考证，莎士比亚的不少剧作皆取材自他所写的传记。
4　塞勒涅（Séléné）为希腊神话中第二代的月亮女神。

一半是火一半是冰的自转球体。尽管如此，有些学者在缺乏光学仪器的情况下，单凭着敏锐的观察，就猜测到支配这个黑夜星体的大部分定律。

例如，米利都人泰勒斯[1]于公元前460年时，发表了月亮是被太阳所照亮的见解。萨摩斯岛人阿里斯塔克斯[2]对月亮的相位变化提出了正确的解释。克里昂梅纳[3]指出月亮的光是一种反射光。迦勒底人贝洛斯[4]发现月球自转与公转的时间相等，由此说明了月球始终呈现同一面的原因。最后，希帕克[5]在公元前2世纪，就发现地球所属卫星的视运动[6]有一些不规则性。

这些不同的观察后来都被证实，而且对往后天文学家的研究很有帮助。托勒密[7]在公元2世纪，阿拉伯人阿布韦发[8]在10世纪，先后对希帕克所提出的有关月球运动不规律的观察做出补充，他

---

1 泰勒斯（Thalès，公元前625—公元前546），古希腊哲学家和科学家。

2 阿里斯塔克斯（Aristarque，公元前310—公元前230），古希腊天文学家和数学家。

3 克里昂梅纳（Cléomène，生卒年不详），古希腊天文学家及数学家。

4 贝洛斯（Bérose，公元前330年出生），古希腊天文学家和历史学家，出生于亚历山大大帝统治时期的巴比伦。

5 希帕克（Hipparque，公元前190—公元前120），古希腊天文学家，也是几何三角函数的创始者。

6 视运动，地面上的观测者在地球自转、公转以及天体运行的影响下，直接观察到的天体的运动。

7 托勒密（Ptolémée，公元90—公元168），古罗马时期的希腊天文学家，也是地理学研究的先驱，其著作对西方科学发展影响甚巨。

8 阿布韦发（Aboul-Wéfa，？—公元998），中世纪伊斯兰世界的天文学家。

们认为月球的轨道在太阳的作用下，呈现波浪形的起伏线，因而产生运动不规则的现象。接着，哥白尼[1]在15世纪，以及第谷·布拉赫[2]在16世纪，也先后完整地阐述了宇宙的系统以及月球在天体中扮演的角色[3]。

在那个年代，月球的各种运动已经差不多都有了定论，但是，人们对它的物质结构知道得还很少。是伽利略[4]以山脉的存在来解释月球某些相位的光影现象，他认为月球山脉的平均高度有4500托瓦兹[5]。

在他之后，来自波兰但泽市的赫维留斯[6]将最高几座山的高度降低至2600托瓦兹；但是，同样是天文学家的里乔利[7]又将那些山

---

1 哥白尼（Nicolas Copernic，1473—1543），文艺复兴时期的波兰天文学家，主张太阳为宇宙中心。他的学说改变了当时人类对宇宙的认识，被视为日后17世纪科学革命的起因。

2 第谷·布拉赫（Tycho Brahé，1543—1601），丹麦天文学家，著名的德国天文学家克卜勒（Johannes Kepler，1571—1630）曾是他的助手。

3 可参见贝尔特宏先生（Joseph Bertrand，1822—1900）所写的一本奇妙好书，书名为《现代天文学的创始者》。此书收藏于法兰西研究院。（原文注）

4 伽利略（Galilée，1564—1642），17世纪意大利物理学家、天文学家及哲学家，支持哥白尼的太阳中心说，是科学革命的重要人物。他不但改进了望远镜和天文观测，还发表了惯性定律等多项物理定律，被后世誉为现代科学之父。

5 托瓦兹（toise），法国的旧长度单位，1托瓦兹相当于1.949公尺。

6 赫维留斯（Johannes Hevelius，1611—1687），17世纪波兰天文学家，曾担任但泽市的市长。

7 里乔利（Giovanni Battista Riccioli，1598—1671），17世纪意大利天文学家，也是天主教耶稣会的神父。

的高度提升为7英里。

到了18世纪末，赫雪尔[1]是用高倍数的望远镜观测，把上述的测量结果大幅降低。他表示那些最高的山脉只有1900托瓦兹，并且将不同山峰的高度平均值缩减到只剩400托瓦兹。可是，赫雪尔还是错了，经过施罗特、鲁维勒、哈雷、纳斯密斯、毕昂基尼、帕斯托尔夫、洛尔曼、顾鲁特伊森的观测，特别是比尔和蒙德雷尔[2]两位先生长期耐心的研究，才彻底解决了这个问题。幸而有这群科学家，今日世人才能对月球山脉的高度有完整的认识。比尔和蒙德雷尔测量了1903座山峰，其中有6座高于2600托瓦兹，有22座高于2400托瓦兹[3]。最高的山峰可以从3801托瓦兹的高度俯瞰月轮的表面。

---

1 威廉·赫雪尔（William Herschell，1738—1822），出生于德国的英国天文学家兼音乐作曲家，也是首位发现天王星的人。
2 施罗特（Johann Shroeter，1745—1816），18世纪德国天文学家。鲁维勒（Jacques de Louville，1671—1732），18世纪法国天文学家、数学家。哈雷（Edmond Halley，1656—1742），18世纪英国物理学家、天文学家、数学家，曾计算出哈雷彗星的公转轨道，也是第一位预测哈雷彗星会重返的人。纳斯密斯（James Nasmyth，1808—1890），19世纪苏格兰工程师，天文学的业余爱好者。毕昂基尼（Francesco Bianchini，1662—1729），18世纪意大利天文学家、历史学家、哲学家。帕斯托尔夫（Pastorf，生卒年不详），19世纪英国天文学家。洛尔曼（Wilhelm Gotthelf Lohrman，1796—1840），19世纪德国天文学家。顾鲁特伊森（Gruithuysen，生卒年不详），19世纪德国天文学家。比尔（Wilhelm Beer，1798—1850），19世纪德国银行家，热衷天文学。蒙德雷尔（Moedeler，1794—1874），19世纪德国天文学家。
3 欧洲第一高峰勃朗峰（Mont Blanc）的高度为海拔4813公尺。（原文注）

与此同时，对月球的知识也逐渐完备起来；这个星体看起来布满了火山口，每次的观测都更加断定它基本上属于火山地质。依据被月球遮住的行星的光线并没有折射这一点来看，我们可以得出结论：月球上几乎没有空气。因为缺乏空气，所以也没有水。因此，显然地，月球人要在这样的条件里生活，势必具备特殊的身体构造，而且必定和地球的居民非常不同。

总之，一些更完善改良过的仪器，借助新的方法不断地搜索月球，不留一点未经勘查的地方，然而，月球的直径才2150英里[1]，它的面积是地球的1/13[2]，它的体积是地球的1/49，可是，它没有一项秘密能逃过天文学家的眼睛，这些机敏的科学家总是能把他们惊人的观察推得更远。

正因为如此，他们注意到满月时，月盘的某些部分出现白色的线，而在其他月相时，又出现一些黑色的线。经过较缜密的研究之后，他们终于对这些线的性质有了确切的了解。那是一条条在两道平行边之间的狭窄长沟，通常会延长至火山口的边缘；这些窄沟的长度介于10英里到100英里，宽度有800托瓦兹。天文学家称这些叫凹槽，但是，他们所能做的，只是为之命名，至于这些凹槽是不是古河流的干涸河床，这个问题科学家尚无法得到

---

1 相当于869法里，也就是地球半径的1/4再稍微多些。（原文注）

2 即3800万平方公里。（原文注）

圆满的解答。所以，美国人期望有朝一日能查清楚这个地质学的事实。他们也等着想查清楚慕尼黑的博学教授顾鲁特伊森的观测结果，这位科学家发现月球表面有一系列平行的围墙，并认为这是月球人的工程师所建立的防御系统。在这两个尚未厘清的问题之外，无疑还会有许多其他问题，只有在与月球建立直接联系之后，才能有最终的解答。

有关月光的强度，已经没有什么不清楚的了；我们知道它比太阳光弱上30万倍，它的热度对温度计没有任何可以测量得到的作用；至于被称作"灰光"的现象，可以很自然地解释为太阳光从地球反射到月球上的作用，当月盘呈现出它在第一和最后相位的新月形状时，这种反射的太阳光似乎就填满了月盘的其他部分。

这就是当时所知道的有关地球所属卫星的综览，而大炮俱乐部正打算从宇宙志、地质学、政治和精神上的各个观点来充实这份知识列表。

第六章

在美国不可能不知道和不准相信的事

巴比·凯恩的提议所引起的结果，就是所有与月球这个黑夜星体有关的天文现象都成了当下热门的时事议题。每个人都勤奋不休地着手研究月球，就好像它是第一次出现在地平线，还没有人在天空里瞥见过它似的。月亮变得风靡一时，她是个装扮华丽的时髦女子，看起来却谦逊稳重，她列居"明星群"，却从不傲气凌人。在各家报纸上，以这个"属于狼的太阳"为要角的古老趣闻纷纷复活，他们重新提醒了大家，月亮在无知的远古时代所具有的影响力，他们用各种声调来歌颂它；若再发展下去，他们可能就要引用它的妙语了。整个美国全都沉醉在月亮的狂热之中。

在科学杂志这方面，则特别探讨大炮俱乐部的计划所触及的不同问题。他们公布了剑桥天文台的答复信，并且毫无保留地加以评注和赞扬。

简而言之，即使是最没有文化修养的美国佬，也必须知道有关地球卫星的所有知识，就算是脑筋最迟钝的老太太，也不准继续相信关于月球的错误迷信。科学用尽一切不同形式来到他们面前，科学经由他们的眼睛和耳朵，渗透进他们的大脑，实在没有人可能再当个天文学上的……蠢蛋。

一直到当时，还有许多人不晓得怎么能计算出地球到月球的距离。人们于是利用这个时机告诉那些人，这个距离是由计量月球的视差得来的。假如视差这个词令他们感到吃惊，那么人们就对他们说明这是由地球半径的两端延伸至月球的两条假想直线所形成的夹角。假如他们怀疑这个方法有缺点，人们就会即刻向他们证明这个平均距离是23,4347英里，而且不仅如此，天文学家们的计算误差不会超过70英里。

对于那些不熟悉月球运行的人，报纸每天都在向他们讲解，月球有两种不同的运动，一种是绕着自身轴心的自转，一种是绕地球的公转，两种运动都在相等的时间完成，即27又1/3天[1]。

自转正是使月球表面产生白昼和黑夜的运动。不过，在太阴

1　这是恒星周的时间，也就是月球相对于固定的恒星，完整绕行轨道一周所需的时间。（原文注）

月[1]里，只有一个白昼和一个黑夜，两段时间的长度均为354又1/3小时。但是，对月球来说相当幸运的是，它面向地球的那一面是被地球的光线照射，光线亮度相当于14颗月球。而我们之中看不见的另一面，自然是354小时的绝对黑夜，只因有那"从高空洒落的苍白星光"才缓和了黑暗度。这是自转和公转在极相等的时间内完成时才有的特殊现象，卡西尼[2]和赫雪尔认为，木星的卫星也有相同的现象，很可能所有其他卫星皆是如此。

一些求知欲相当强，却又固执的人，起初并不了解月球在公转时，总以不变的同一面面向着地球的原因是月球绕地球一周和它自行转动一周所需的时间相等。大家便对这些人说："到你的饭厅里去，绕着饭桌转一圈，眼睛一直望着桌子中心；等你的环形散步结束后，你也自转了一周。很好！饭厅是宇宙，饭桌是地球，而你就是月球！"他们很满意这样的比喻，就高兴地走了。

所以，月球永远以同样一面面向着地球，然而，为了准确起见，还应该补充一下，由于某种称为"天平动"的由北向南、由西朝东的摆动，月球让我们看见的面积稍微大过一半，大约是57%的月盘面。

1　太阴月是月相循环一次的平均时间，也就是月球的朔望周期，所以又称为朔望月。中国农历的每一个月相当于一个太阴月。
2　卡西尼（Jean-Dominique Cassini，1625—1712），意大利出生的法国籍天文学家兼水利工程师。

当没学识的人也和剑桥天文台的台长一样，懂得月球自转的道理以后，他们便对月球围绕地球转动的现象非常关切，这时，立刻会有许多科学杂志介绍给他们这方面的知识。他们因此学到，充满着无以数计星体的天空，可以被视为一个广阔的钟面，月球就在钟面上运行，来向地球的居民指示真正的时间。这颗黑夜的星体在这个运动中，呈现出不同的相位。当月球位于与太阳相冲的地方，也就是说，当三个星体处在同一条直线上，而地球位居中央时，月相是满月。当月球和太阳处在合的状态，也就是月球位于地球和太阳之间时，月相叫作新月。最后，当月球和太阳以及地球形成直角，而月球位在直角顶点时，此时的月相为上弦月或下弦月。

有些洞察力敏锐的美国人因此推出结论说，日月食只会发生在月球和太阳处在合或冲的位置，他们的推论没错。日月相合时，月球可能遮住太阳，而日月相冲时，则换成地球可能遮住太阳。如果日食和月食不会在每个朔望月[1]都发生，那是因为月球运行的轨道平面与黄道面倾斜，换句话说，是和地球运行的轨道平面倾斜。

关于这个黑夜里的天体能到达地平线哪个高度的问题，剑桥

---

1 朔望月是月球的相位更替的周期，亦即月亮圆缺变化的周期。月朔时，月相是新月，月亮在太阳和地球之间；月望，也就是满月时，地球处在太阳和月亮中间。

天文台的信已经全都表达清楚了。每个人都知道，这个高度随着观察月球地点的纬度而变化。但是，在地球上可以看到月球经过天顶的区域，也就是月球直接位于观测者头顶上方的区域，必然是介于南北纬28度和地球赤道之间的地带。所以，才有了那个重要的建议，要求发射实验必须在地球的这个地区上的某一点进行，以便炮弹能够垂直发射，并因此能较快摆脱重力作用。这是让计划成功的必要条件，所以当然会引起舆论的强烈关注。

至于月球绕地球公转时运行的轨道，即使对任何一个国家里没有学识的人来说，剑桥天文台的解说也是足够明了的了，天文台的科学家认为月球的运行轨道是一条内凹曲线，但并非圆形，而是椭圆形，地球正位于椭圆形轨道的一个焦点上。所有行星的运行轨道都是椭圆形的，所有的卫星也是如此，理论力学精确地证明天体的轨道不可能不是这样。显而易见，月球在它的远地点时，距离地球较远；位于近地点时，离地球较近。

以上这些知识是所有美国人不管愿不愿意都应该要知道，也不能不知道的。不过，就算这些正确原则的普及速度很快，仍有许多错误的观念，某些幻想的恐惧是较不容易根除的。

例如，有些正直人士就支持月球是一颗古老彗星的说法，这个彗星原本沿着它狭长的轨道绕着太阳运行，在偶然经过地球旁边时，被地球的引力圈拉住了。这些光说不练的客厅天文学家企图用这种说法来解释月球表面的焦灼现象，以这种方式来看待这个光辉灿烂的星体，实在是不可弥补的不幸。唯有等到人们提醒他们，彗星有大气层，而月球只有极少量或根本没有空气时，他们才非常尴尬地答不出话来。

另外还有一些胆小之徒，对月球怀有某种恐惧。他们听说，从哈里发时代[1]的观测显示，月球绕地球公转的速度以某种比值在逐渐加快；他们由此做出了其实非常合乎逻辑的推论：运动越加速，两个星体之间的距离就越短，这两种互为因果的作用交相影响，无限持续下去，总有一天月球就会落到地球上来。然而，根据一位杰出的法国数学家拉普拉斯[2]的计算，这种运动的加速度增加的范围极为有限，很快就会有一个比例相应的减速运动继之而来，当人们把这些告诉他们之后，他们才放心，不再为将来的世代担忧。所以说，在未来的几个世纪里，太阳系的平衡是不可能受到扰乱的。

最后剩下的是无知群众中的迷信阶级，这些人不满意自己的无知，他们知道许多不存在的事物，而有关月球，他们可是知道

1　哈里发（Calife）是阿拉伯帝国最高统治者的称号，阿拉伯人于公元632年到1258年间，在阿拉伯半岛上创建了一系列伊斯兰穆斯林哈里发国，这个时代的天文学因为宗教、生产以及航海贸易的需求而高度发展。

2　拉普拉斯（Pierre-Simon marquis de Laplace，1749—1827），19世纪法国著名的天文学家及数学家，对天体力学和统计学的发展贡献很大。

得很详尽。有一批人将月盘看作光滑的镜子，人们借由它，可以在地球上的不同地点相互对看，并且沟通彼此的想法。另一批人宣称，在观测的1000次新月里，有950次曾经引来诸如大动乱、革命、地震、洪水等显著的变化。他们因此相信，这个黑夜星体对人类命运有着神秘的影响力。他们把月球看作是让万物生命得以存在的"真正平衡锤"。他们认为每一个月球人和每一个地球上的居民都因互相感应而产生联系。他们与梅德博士的看法相同，都主张生命体系完全受月球的支配，并坚称男孩大都是在新月时出生，女孩在下弦月时出生，等等。可是，到头来，还是必须抛弃这些庸俗的错误，回归到唯一的真理，尽管月球的迷信影响被剥夺之后，就在某些信奉者的心中丧失了它所有的能力；尽管有几个人把背朝向它，不理睬它，但多数群众却是表明支持它的。至于美国佬们，他们只想占有这块天空中的新大陆，把美利坚合众国的星条旗竖立在月球的最高峰上，除此之外，对它就不再有其他野心了。

第七章

炮弹的颂歌

剑桥天文台已经在10月7日写的那封具有纪念价值的回复信里，从天文学的角度探讨过问题；从现在起，该来解决问题的机械层面了。这些实际应用上的困难对美国以外的其他国家来说，似乎显得难以克服。但在这里，只不过是一种游戏。

巴比·凯恩主席没有浪费时间，早已在大炮俱乐部内部指派了一个执行委员会。委员必须召开三场会议来厘清大炮、炮弹和火药三个重大问题。执行委员会由四位非常精通这些方面的俱乐部会员组成。他们是：巴比·凯恩，他在赞成与反对票数相等时具有决定性的一票；与摩尔冈将军、参谋艾尔费斯顿，以及那位在任何事情上都不可或缺的马斯通，大家交付他秘书和撰写会议记录的职务。

10月8日，执行委员们聚在共和街3号巴比·凯恩主席的家中举行会议。这种时候，不让这般严肃的讨论被肠胃饥饿的咕噜叫声扰乱，是十分重要的，因此，大炮俱乐部的四位会员在一张摆满三明治和大茶壶的桌子旁坐下。马斯通立即把钢笔紧紧旋在他的铁钩手上，会议便开始了。

巴比·凯恩首先发言：

"亲爱的同事们，"他说，"我们现在要来解决一个弹道学中最重要的难题，这门了不起的科学所研究的是发射物的运动，也就是研究物体被某种推进力抛掷到空中，接着自行运动的过程。"

"啊！弹道学！弹道学！"马斯通用激动的声音叫喊。

"假如我们第一次的会议就讨论发射器，"巴比·凯恩接着说，"或许看起来较合乎逻辑……"

"的确如此。"摩尔冈将军回答。

"然而，经过深思熟虑之后，"巴比·凯恩接着说，"我觉得炮弹的问题应该优先于大炮的问题，而且后者的体积应该依据前者的体积来决定。"

"我要求发言。"马斯通大声说。

他的要求马上获得批准，他辉煌的过去值得别人这样殷勤对待。

"正直的朋友们，"他以充满灵感的语调说，"我们的主席把炮弹的问题摆在第一位是对的！这颗将要发射到月球上的炮弹，是我们的使者，我们的外交大使，请你们允许我从纯粹精神上的角度来看待它。"

这种思考炮弹的新颖方式引起委员们强烈的好奇心，因此他们都极其专注地聆听马斯通的发言。

"亲爱的同事们，"他说，"我将尽量简单扼要。我要把物理学上，能杀人的炮弹暂且摆在一旁，只从数学和精神层面来考虑炮弹。对我而言，炮弹是人类力量最光辉灿烂的表现。整个人类的能力都可以集中在它身上并展现出来。人类创造了炮弹，这正显示人的地位与造物者相去不远！"

"好极了！"参谋艾尔费斯顿说。

"事实上，"这位演说者高声说，"如果上帝创造了恒星和行星，人类则创造了炮弹。它是地球上最高速度的标准，是游荡在空中的星体的缩小版，说实在的，这些微小的星体也不过就是游走天空的炮弹！电的速度、光的速度、恒星的速度、彗星的速度、行星的速度、卫星的速度、声音的速度、风的速度，这些都归上帝所有！可是，炮弹的速度却是属于我们的，它比火车和跑最快的马还要快上100倍！"

马斯通显得心荡神驰。他吟咏着炮弹的神圣颂歌，语调里充满了热情。

"你们想要一些数字吗？"他接着说，"这就是几个深具说服力的数字！就单单拿朴实的炮弹24[1]来说，尽管它飞行起来比电还慢80万倍，比光速慢140倍，也比绕着太阳移动的地球还慢上76倍，然而，它从大炮里发射出来时，速度却超过了音速[2]，达到每秒200托瓦兹，10秒钟可走2000托瓦兹，每分钟14英里，每小时840英里，每天20,100英里，也就是等于在赤道地带测出的地球自转速度，每年7,336,500英里。所以，它只要11天就能去到月球，12年到达太阳，360年可以抵达太阳系边缘的海王星。这就是这颗朴实的炮弹所能办到的事，而它可是我们双手制造出来的作品呀！所以，当我们把它的速度提高20倍，以每秒7英里的速度发射出去，它会达到什么样的一番景象呀！啊！绝妙的炮弹！光彩夺目的炮弹！我多么喜欢想象你将在那上面受到地球大使身份的何款招待呀！"

迎接这响亮结语的是一片乌拉声，马斯通激动万分，在同事们的祝贺声中坐下。

"已经花了一大半时间作诗了，"巴比·凯恩说，"现在就

1　也就是重量为24磅的炮弹。（原文注）
2　因此，当我们听见火炮口发出巨响时，就不必再担心可能会被炮弹击中了。（原文注）

让我们直接来讨论问题。"

"我们都准备好了。"委员会的成员们回答，在这之前，他们各自都吃掉了半打左右的三明治。

"你们知道等着要解决的问题是什么了，"主席接着说，"这个问题在于使炮弹具有每秒12,000码的速度。我有理由相信我们会成功。不过，现在先来检视一下截至目前为止我们已经获得的速度。摩尔冈将军能够在这方面给我们一些指点。"

"这是再容易不过的了，"将军回答，"因为战争期间，我是实验委员会的成员。因此我可以告诉你们，道格林100磅大炮的射程是2500托瓦兹，能使炮弹的初速达到每秒500码。"

"很好。那么罗德曼的哥伦比亚[1]呢？"主席问道。

"罗德曼的哥伦比亚大炮曾在纽约附近的汉密尔顿堡试射，它发射了一枚半吨重的炮弹，射程达6英里，速度为每秒800码，英国的阿姆斯特朗和帕利译从来不曾获得这样的结果。"

"哼！英国人！"马斯通把他那可怕的铁钩手转向东方的地平线，叫了一声。

"所以说，"巴比·凯恩接着发言，"800码是直到目前为止所达到的最大速度？"

---

1 美国人把这种巨大的毁灭性发射器取名叫哥伦比亚。（原文注）

"是的。"摩尔冈回答。

"然而，要是我的迫击炮没有爆炸的话，"马斯通回嘴道，"我会说……"

"没错，可是它爆炸了，"巴比·凯恩一面回答，一面做了个善意的手势，"那么，让我们拿这800码的速度作为出发点，必须把它增大20倍。因此，有关产生这个速度的方法，我保留到下一次会议来讨论，亲爱的同事们，我要请你们将注意力放在炮弹应有的体积上。你们当然能料到，这里所讨论的可不再是顶多半吨重的炮弹了！"

"为什么不是？"参谋问。

"因为，"马斯通迅速回答道，"这枚炮弹必须足够大，才能引起月球上居民的注意，假如真有月球人存在的话。"

"是的，"巴比·凯恩回答，"而且还有另外一个更重要的理由。"

"巴比·凯恩，您这话的意思是什么呢？"参谋问。

"我的意思是发射出炮弹，然后就不再管它，这样做是不够的。我们必须在过程中一直留意它，直到它抵达目的地为止。"

"啊！"将军和参谋一起响应，他们对于这个提议有些诧异。

"毫无疑问，"巴比·凯恩相当有把握地继续说，"毫无疑问，否则我们的实验就什么结果也没有了。"

"可是，"参谋问道，"这么说来，您是要制造一枚体积庞大的炮弹喽？"

"不，请听我说。你们知道光学仪器的精密程度已经大大提升了，借由某些望远镜，我们已经可以把物体放大6000倍，把月球拉近到40英里左右。在这个距离，边宽60英尺的物体是可以看得相当清楚的。我们没有把望远镜的观测能力推得更远，是因为观测的倍数越是增进，就越会损害到物体的明亮度。而月球不过是一面会反射的镜子，不可能放射出足够强烈的光线，让我们将物体放大到超出这个限度。"

"好吧！那您打算怎么做呢？"将军问，"您要让您的炮弹有60码的直径吗？"

"不！"

"所以，您要使月球更明亮吗？"

"正是如此。"

"这太夸张了！"马斯通大声喊道。

"是的，非常简单，"巴比·凯恩回答，"实际上，假如我能减少月光所穿透的大气层厚度，不就可以让光线更明亮了吗？"

"显然是这样。"

"很好！我只需在一座高山上架设望远镜，就能获得这个结果了。我们将会这么做。"

"我认输，我认输，"参谋回答，"您在简化复杂的事情上很有一套！……您希望用这个方法把月球放大多少倍呢？"

"放大48,000倍，这样就能将月球拉近到只有5英里的距离，而物体只要有9英尺的直径便能够看清楚。"

"太好了！"马斯通大声说，"所以我们的炮弹直径会是9英尺吗？"

"完全正确。"

"可是，请容许我对您说，"参谋艾尔费斯顿说，"这样的重量仍旧是……"

"哦！参谋，"巴比·凯恩回答，"在讨论炮弹的重量之前，请让我先告诉你，我们的祖先在这方面的神奇成就。我绝不是说弹道学没有任何进步，不过，如果先知道中世纪就已有令人称奇的成果，是有益的，而且我敢说，这些成果比我们的作品还要惊人。"

"哪有这回事！"摩尔冈反驳道。

"请证实您说的话。"马斯通紧接着说。

"这是再容易不过的了，"巴比·凯恩回答，"我有不少支持我提议的例子。比如，在1453年，穆罕默德二世围攻君士坦丁堡时，曾经发射了一枚1900磅重的石头炮弹，它的体积铁定相当大。"

"啊！啊！"参谋连叫了两声，"1900磅，这可是个庞大的数字！"

"在中古骑士时代，马耳他岛的圣艾尔摩堡的某座大炮，发射过数枚重达2500磅的炮弹。"

"不可能！"

"最后，根据一位法国历史学家的说法，在法王路易十一当政的时代，有一门迫击炮发射了一枚重量只有500磅的炸弹，不过，这颗炸弹从那个疯子关智者的巴士底射出，掉落在智者关疯子的地方——夏朗通[1]。"

"好极了！"马斯通说。

"之后，总的来说，我们还看见什么呢？阿姆斯特朗大炮发射的是500磅的炮弹，罗德曼的哥伦比亚发射的炮弹有半公吨重！所以看起来，炮弹的射程增加，重量却减轻了。不过，如果我们把精力全转到重量这方面，结合科学的进步，我们一定可以将穆罕默德二世和马耳他岛骑士们的炮弹重量增加10倍。"

"这是显然的，"参谋回答，"不过，您打算用哪种金属来制造炮弹呢？"

"很简单，用铸铁。"摩尔冈将军说。

1　当时，从巴士底（Bastille）到夏朗通（Charenton）的距离为1法里半，大约等于6公里。

"啐！铸铁！"马斯通带着极轻蔑的神情喊道，"这对一颗要送到月球上的炮弹来说，未免太庸俗了。"

"别夸大其词，可敬的朋友，"摩尔冈回答，"铸铁就足够了。"

"好吧！"参谋艾尔费斯顿接着说，"既然重量和体积成正比，一颗直径9英尺的铸铁炮弹，重量仍旧相当可怕！"

"如果是实心的，当然很重，空心的就不同了。"巴比·凯恩说。

"空心的！这还算是炮弹吗？"

"我们可以在里面放几封信和一些地球产物的样品！"马斯通立即回嘴。

"是的，正是这样一颗炮弹，"巴比·凯恩回答，"而且空心是绝对必要的；一颗108英寸的实心炮弹，它的重量会大于20万磅，这显然太重了；可是，为了保持炮弹一定的稳定度，我建议把它的重量定为5000磅。"

"所以，炮弹内壁的厚度要多少呢？"参谋问。

"假如我们遵守规定的比例原则，"摩尔冈接着说，"直径800英寸的炮弹，内壁厚度至少需要2英尺。"

"这太多了，"巴比·凯恩回答，"请留意，我们这儿讨论的不是用来打穿钢板的炮弹。所以，只要它的内壁坚固，足以抵抗火药燃烧时的气体压力就够了，在此出现一个问题：一颗重量只有20,000磅的铸铁炮弹，它的内壁应该多厚呢？我们能干的计算师，正直的马斯通，将在会议结束前把答案告诉我们。"

"有什么比这更容易的。"可敬的委员会秘书回答。

话说完，他在纸上写了几个代数公式；大家看见他的笔下出现几个π和x的乘方。他若无其事地，甚至像是在开一个立方根的样子，然后便说：

"炮弹内壁几乎不到两英寸厚。"

"这样的厚度足够吗？"参谋一脸怀疑的表情询问。

"不够，"巴比·凯恩主席回答，"显然不够。"

"好！那么该怎么办！"艾尔费斯顿面露难色，接着说。

"不用铸铁，改用另一种金属。"

"用铜如何？"摩尔冈说。

"不，这还是太重了。我要向你们建议一种更好的金属。"

"是什么？"参谋说。

"铝。"巴比·凯恩回答。

"铝！"主席的三位同事齐声喊道。

"我的朋友们，这实在毋庸置疑。你们都知道法国一位著名的化学家亨利·圣克莱尔·德维尔在1854年已经成功制得质地密实的铝块。这种贵重的金属有着白银一样的颜色，像黄金一样不会变质，像铁一样韧性强，具有和铜一样的可熔度，而且像玻璃一样轻。它容易加工，在大自然里分布很广，因为氧化铝是大部分岩石的基本成分，它的重量比铁轻三倍。它就好像是为了提供我们制炮弹的材料而被刻意创造出来似的！"

"乌拉，铝！"委员会秘书高声喊着，他在热情兴奋的时候，总是喧喧嚷嚷的。

"可是，亲爱的主席，"参谋说，"用铝来制造炮弹，成本不是很高吗？"

"它的价格曾经很高，"巴比·凯恩回答，"在刚发现的初期，一磅铝的价值是260美元到280美元；接着，价格跌到27美元，今日，它只值9美元。"

"可是，每磅9美元，"不轻易让步的参谋反驳道，"这个价格仍旧是一笔巨款啊！"

"一点也没错，我亲爱的参谋，可是并非昂贵到买不起。"

"炮弹的重量会是多少？"摩尔冈问。

"我计算出来的结果是这样的，"巴比·凯恩回答，"一颗直径108英寸、厚度12英寸[1]的炮弹，假如是用铸铁制成的，重量是67,440磅；若是铝制的，那么重量会减少成19,250磅。"

---

1 在美式的度量衡中，1英寸等于25毫米。12英寸即是30公分。（原文注）

"好极了！"马斯通大声说，"这恰恰符合我们计划的要求。"

　　"好极了！好极了！"参谋反戗，"可是，你们难道不知道1磅9美元，这颗炮弹将会要价……"

　　"173,250美元，我很清楚；不过，朋友们，别担心，我向你们保证，我们的事业不会缺钱的。"

　　"钱会像下雨一样，落到我们的收银箱里。"马斯通回答。

　　"那么，你们对铝制炮弹的看法如何？"主席询问。

　　"决定采用。"委员会的三位成员一致回答。

　　"至于炮弹的形状，"巴比·凯恩接着说，"这并不重要，因为炮弹一穿过大气层，就处于真空中，所以，我建议做一颗圆形炮弹，它将可以自转，假如它高兴的话，也可以随心所欲地旋转。"

　　执行委员会的第一次会议就这样结束了。炮弹的问题已经明确解决了。马斯通想到要送一颗铝制炮弹给月球人，就显得欣喜万分："这会让他们知道地球上的居民多么有胆识！"

第八章

大炮讨论会的始末

这次炮弹会议做出的决议在外界产生了很大的回响。胆小的群众一想起要发射一颗重达2万磅的炮弹穿越太空，就有些惊慌。大家彼此询问着，什么样的大炮能够传导给如此沉重的物体足够的初速。执行委员会的第二次会议应该要能成功回答这些问题。

第二天晚上，大炮俱乐部的四位成员又坐在桌边，面前重新摆满成堆的三明治和简直犹如汪洋一片的茶水。讨论随即继续进行，这次省略了开场白，直接切入主题。

"亲爱的同事们，"巴比·凯恩说，"我们将要讨论的是待建造的大炮，它的长度、形状、构成成分以及重量。我们很可能会给它一个极庞大的体积，但是，不管遇上的困难有多大，我们的工业才能都将轻易克服。所以，请大家听我说，并且尽量当面对我提出不同意见。我是不会害怕的！"

迎接这个声明的是一阵赞同的低语。

"别忘了，"巴比·凯恩接着说，"我们昨天讨论到什么地方了；现在，问题是以如下的形式来呈现：我们要如何赋予直径108英寸、重量2万磅的炮弹，每秒12,000码的初速。"

"的确，这正是问题的所在。"参谋艾尔费斯顿回答。

"我继续，"巴比·凯恩接着说，"当炮弹被发射到空中时，会发生什么事？它受到三股各自独立的力量的影响：当时的环境阻力、地球的引力以及使它动起来的推进力。让我们来审视这三种力量。环境阻力，也就是空气的阻力，它的重要性不大。事实上，地球的大气层只有40英里的厚度。速度每秒12,000码的炮弹5秒钟就可以穿过，时间相当短促，足以让我们认为环境阻力是微不足道的。那么来谈谈地球的引力，也就是炮弹的重量。我们知道重量将会以与距离平方成反比的方式递减。实际来看，物理学是这样告诉我们的：当一个自由落体掉到地球表面时，它第一秒的下降速度是15英尺[1]，假使同一个物体被送到257,142英里的高空，也就是到达月球所在的距离，它第一秒的下降速度将会减

---

1 亦即第一秒的速度是4公尺90公分；到了月球所在的距离，掉落的速度将只剩下1又1/3毫米或者590分毫米。（原文注）

为大约半法分[1]，这几乎是静止不动。因此，此时所面对的问题是逐步地克服重力作用。我们要如何办到呢？借由大炮发射时的推进力。"

"困难就在这里。"参谋回答。

"的确，困难就在这里，"主席接着说，"但是我们将会战胜它，因为我们必定需要的这股推进力，是发射器长度和火药使用量两相配合的结果，而火药用量只受到发射器对冲击的抗力所限制。因此，今天我们就来讨论大炮的体积。当然，我们建造大炮时，能赋予它的抗力可以是无限的，因为它不会被搬动。"

"这全都相当明显。"将军回答。

"到目前为止，最长的大炮是我们的巨型哥伦比亚，它的长度不超过25英尺。所以，我们不得不采用的大炮体积将会使许多人大为吃惊。"

"哈！这是当然的，"马斯通高声说，"至于我嘛，我要求一个至少半英里长的大炮！"

"半英里！"参谋和将军都叫了起来。

"没错！半英里，而且它就是再长一半，也还是太短了。"

"得了吧，马斯通，"摩尔冈回答，"你太夸张了。"

---

1 法国古长度单位，约等于2.25毫米。

"不！"性急的秘书立刻反击道，"我实在不知道为什么你会指责我夸张。"

"因为你跑太远了！"

"你要知道，先生，"马斯通摆出一副高傲的神情回答，"要知道，一个大炮发明家就像一颗炮弹一样，从来都不会跑得太远！"

讨论会正在转变成人身攻击，但这时候主席介入了。

"朋友们，冷静点。我们来思考一下，一个炮身很长的大炮显然是必要的，因为较长的炮身可以使聚积在炮弹下方的气体更加膨胀，不过，也用不着超越一定的限度。"

"完全正确。"参谋说。

"在这个情况下，现行常用的规则是什么呢？一般来说，大炮的长度是炮弹直径的20倍至25倍，它的重量是炮弹的235倍至240倍。"

"这是不够的。"马斯通冲动地喊道。

"我同意，高贵的朋友，而且，事实上，依照这个比值来计算，以一个直径9英尺、重20,000磅的炮弹来说，它的发射器的长度将只有225英尺，重量也只要720万磅即可。"

"这太可笑了，"马斯通又发声了，"倒不如用手枪！"

"我也是这么想的，"巴比·凯恩回答，"正因为这个缘故，我才打算把这个长度扩增到原来的4倍，建造一座900英尺长的大炮。"

将军和参谋几次提出异议，但是，这个大炮俱乐部秘书强烈支持的提案，最后仍然被正式采纳了。

"现在，"艾尔费斯顿说，"大炮内壁的厚度该是多少呢？"

"6英尺。"巴比·凯恩回答。

"您大概不会想要把这样巨大的物体立在炮架上吧？"参谋问。

"这倒是个极好的主意！"马斯通说。

"可是，难以实行，"巴比·凯恩回答，"不，我考虑要把这个发射器直接铸造在土地里，外部用锻铁环束紧，最后，再用石头和石灰砌成的厚实台基把它围住，这样一来，周围土地对冲击的抗力就会成为大炮抗力的一部分。炮管一经铸造完成，炮膛立即会被仔细地削切和校准，以避免产生炮弹游隙[1]。因此，不会有任何气体漏失的情况，而所有的火药膨胀力都将转化成推进力。"

"乌拉！乌拉！"马斯通一连喊了两声，"我们的大炮制造成功了。"

1　偶尔存在于炮弹和炮膛之间的空隙。（原文注）

"还没有呢！"巴比·凯恩比出手势，要他那缺乏耐心的朋友冷静一下。

"为什么？"

"因为我们还没有讨论大炮的形状。它将是一座加农炮、榴弹炮，还是迫击炮呢？"

"加农炮。"摩尔冈立刻回答。

"榴弹炮。"参谋马上反驳。

"迫击炮！"马斯通嚷道。

另一场相当激烈的争论眼看就要展开，每个人都竭力推荐他们偏爱的武器，这时候，主席一下子就跳出来止住风波。

"朋友们，"他说，"我来协调大家的意见。我们的哥伦比亚大炮将同时具有这三种大炮的特性。这是加农炮，因为它的火药膛与炮膛的半径大小相同；这是榴弹炮，因为它发射的是一颗榴弹；最后，这也是一门迫击炮，因为它从90度角瞄准，而且，它被稳稳地固定在地上，没有后退的可能，所以它将可以把聚积在炮腔两侧的推动力道全都传送到炮弹上。"

"采用，采用。"执行委员们一起回答。

"还有一个简单的想法，"艾尔费斯顿说，"这尊加农—榴弹—迫击炮会有螺旋膛线吗？"

"不，"巴比·凯恩回答，"没有必要。我们需要的初速极大，而你们相当清楚有螺旋膛线的大炮，炮弹离开炮口的速度比炮膛平滑的大炮来得慢。"

"十分正确。"

"这回我们的大炮总算成功了！"马斯通又重复一次。

"还不完全算。"主席回答。

"为什么？"

"因为我们还不知道要用哪一种金属来制造。"

"那就赶快决定吧！"

"我正想向你们提议。"

委员会的四位会员各自吃下一打的三明治，接着喝下一碗茶，才重新开始讨论。

"正直的同事们，"巴比·凯恩说，"我们的大炮必须要韧性强，硬度大，遇热不熔化，而且在酸性物质的腐蚀作用下既不溶解也不氧化。"

"在这方面没有疑问，"参谋回答，"因为我们需要使用的金属量极大，所以在选择上不会有太大的困难。"

"那好！"摩尔冈说，"我建议用到目前为止公认最好的合金来铸造哥伦比亚，也就是用100份红铜、12份锡和6份黄铜制成的合金。"

"朋友们，"主席回答，"我承认使用这种成分的合金曾经

巴比·凯恩理想中的大炮蓝图

《从地球到月球》于1865开始连载于《辩论报》（*Journal des Débats politiques et littéraires*），同年10月25日出版单行本，后在1868年7月31出版了第一个插图本，插图由Henri de Montaut绘制。由于年代久远，原版插图大多无法达到印刷标准，本书精选了最具观赏价值的8幅进行了细描。

产生出绝佳的成果，可是，以我们的情况来说，它的价格太高，而且使用起来非常困难。因此，我认为必须采用一种材质极佳、价格又低廉的金属，例如铸铁。这不正是你的看法吗，参谋？"

"确实如此。"艾尔费斯顿回答。

"事实上，"巴比·凯恩接着说，"铸铁比铜便宜10倍，它易于熔化，只要浇灌在砂模里就能成型，操作起来不费时，所以既省钱又省时。况且，这种材料质地很好，我记得在大战期间，围攻亚特兰大时，每座铸铁大炮每隔20分钟就发射1000枚炮弹，但炮身并没有因此损坏。"

"不过，铸铁很脆，容易断。"摩尔冈回答。

"对，可是它的抗力也很强，此外，我向你们保证，我们的大炮是不会爆炸的。"

"人可以怒火大爆发[1]，同时又坦然不造假。"马斯通带着说教式的口吻辩驳。

"那是当然的，"巴比·凯恩回答，"我因此想请我们高贵的秘书计算一下，一座长900英尺、内部直径9英尺、管壁厚6英尺的铸铁大炮的重量。"

"稍待片刻。"马斯通回答。

---

1 在法文中，大炮爆炸和人发怒是同一个字。巴比·凯恩暗示马斯通设计的大炮曾经爆炸，马斯通因此试着用人发怒来为自己打圆场。

接着他就像前一晚一样，以令人称奇的熟练方式，一行一行罗列他的公式，过了一分钟之后，他说：

"这样的大炮的重量将是68,040公吨（合6804万公斤）。"

"以每磅2分来计算，总价是……"

"251万又701美元。"

马斯通、参谋和将军都忧心忡忡地看着巴比·凯恩。

"好啦！诸位先生，"主席说，"我要再向你们重复一次我昨天说的话，请你们放心，我们不会缺少几百万美元的！"

执行委员会听了主席的保证，并且把第三次会议延到隔天以后就散会了。

第九章

关于火药的问题

　　剩下的就是讨论火药问题了。大众都在焦急地等待着这个最后的决定。炮弹的大小、大炮的长短都已经有定案，那么，需要多少分量的火药来产生推进力呢？这种可怕但效应已经被人类掌控的物质，将要以不寻常的惊人数量扮演着重要的角色。

　　火药在14世纪由僧侣史瓦兹发明，他还为了这项伟大的发明付出性命，这是一般人都晓得且津津乐道的常识。可是，现在差不多已经证实，这则故事应该被列入中世纪的传说。火药并非哪个人发明的，它是直接从希腊火硝[1]衍生而来，也和希腊火硝一样，是用硫黄和硝石混合组成。不过，自那时起，这种原本只是

1　希腊火硝是东罗马拜占庭帝国时期用来攻击海上船舰的武器，也被西欧的十字军称为希腊火。

作为引信用的混合物，就转变成了爆炸用物。

但是，即使博学者对这个火药的虚构故事了如指掌，却很少人体会到火药在力学上所展现的强度，然而，我们正是必须明白这件事，才能了解这个交付给委员会讨论的问题有多重要。

1公升的火药重约2磅，即900克[1]，它燃烧时会产生400公升的气体，这些气体在2400摄氏度高温的作用下释出后，能占据4000公升的空间。火药的体积和火药燃烧所产生的气体体积之间的比值，是1∶4000。当这样的气体被压缩在1/4000狭窄的空间里，我们可以想见它的推进力会有多可怕。

这些问题，执行委员会成员在第二天开会讨论时，早已非常清楚了。巴比·凯恩请参谋艾尔费斯顿发言，此人在战争期间，曾经是火药部门的执行长。

"亲爱的伙伴们，"这位杰出的化学家说，"我要从几个不容否认的数字讲起，这些数字将作为我们待会儿讨论的基础。炮弹24，也就是可敬的马斯通在前天用那么富有诗意的词语向我们提起的炮弹，当年把它从大炮里射出时，只用了16磅的火药。"

"你确定是这个数字吗？"巴比·凯恩问。

"绝对确定，"参谋回答，"阿姆斯特朗大炮才使用75磅火

1　在美国，1磅等于453克。（原文注）

药来发射800磅的炮弹，罗德曼的哥伦比亚大炮也只花掉160磅的火药，就把半吨重的炮弹推送到6英里远的地方。这些都是无可置疑的事实，因为是我本人把它们记录到大炮委员会的会议报告书里的。"

"正是如此。"将军回答。

"好的！"参谋接着说，"我们从这些数字可以得出结论，那就是火药的数量不会随着炮弹的重量增加。事实上，假如一颗24磅的炮弹必须要16磅的火药；换句话说，假如在一般普通的大炮里，我们使用相当于炮弹重量2/3的火药，这并不代表这个比例是固定不变的。请计算一下，你们就会发现，对一颗半吨重的炮弹来说，需要的火药量并非333磅，而是减少到只要160磅。"

"你到底想说什么呢？"主席问。

"亲爱的参谋大人，如果把你的理论推演到极致，"马斯通说，"你会达到这么一个境界，就是当你的炮弹重量足够的时候，你根本不需要再放火药了。"

"我的朋友马斯通连在这么严肃的事情上也爱开玩笑，"参谋驳斥道，"但是，请他放心，我很快就会建议一个火药使用量，这个量足以满足大炮发明家的自尊心。只不过，我想特别指出，在战争期间，经过试验以后，体积最大的大炮所需的火药重量曾经缩减至炮弹重量的1/10。"

"这是再准确不过的了，"摩尔冈说，"可是，在决定推动力所必需的火药数量之前，我认为最好能先了解一下我们将使用的火药的性质。"

　　"我们将用大颗粒的火药，"参谋回答，"它爆燃的速度比粉末状的火药快。"

　　"毫无疑问，"摩尔冈反驳道，"但是，颗粒状火药的爆裂性很强，到头来反而会损坏炮膛。"

　　"好！这对一门要长期使用的大炮而言，是不利的东西，对我们的哥伦比亚大炮却没有妨碍。我们不会有任何爆炸的危险，火药必须能瞬间燃烧，好让力学的效果完全发挥。"

　　"我们可以多钻几个火门，"马斯通说，"这样就能在不同的地方同时点火。"

　　"完全没错，"艾尔费斯顿回答，"可是，这种做法将会使操作更加困难。我因此要再提我的大颗粒火药，它可以消除这方面的困难。"

　　"好吧，就用这种火药。"将军回答。

　　"罗德曼用来装填他的哥伦比亚大炮的，"参谋接着说，"是颗粒如栗子那样大的火药，它只不过是放在铸炉里烘烤过的柳炭。这种火药质地坚硬又闪闪发亮，拿在手上不会留下任何屑末，含有大量的氢氧成分，能瞬间爆燃，而且，虽然极具爆裂性，对大炮造成的损坏却微乎其微。"

"那好！"马斯通回答，"我认为不必再犹豫，我们的选择已经确定了。"

"除非你偏爱金火药[1]。"参谋笑着回答，这番话惹来他那敏感易怒的朋友伸出铁钩手威胁。

一直到这时候，巴比·凯恩始终没有加入讨论。他让大家发言，自己在一旁聆听。他显然已经有了主张。因此他只简单地说：

"朋友们，现在你们建议用多少分量的火药呢？"

三位大炮俱乐部的成员互相对望了一会儿。

"20万磅。"摩尔冈终于开口说。

"50万磅。"参谋回答。

"80万磅！"马斯通高喊道。

这回，艾尔费斯顿没敢再责备他的同事夸张了，的确，这次涉及的是要发送一颗重达2万磅的炮弹到月球，而且要使炮弹的初速达到每秒12,000码。三位同事提出三个建议以后，随之而来的是一阵寂静。

最后主席巴比·凯恩打破沉默。

"正直的伙伴们，"他以平静的声调说，"我曾提到我们在

---

1 应是取自希腊神话中的"金羊毛"，这里用来指现实世界里不存在的东西（就如同金羊毛只存在于神话中）。

既定的条件下建造的大炮，其抗力是没有限度的，从这个原则出发，我要说一句让可敬的马斯通吃惊的话，他的计算太胆怯了。我建议把80万磅的火药加倍。"

"160万磅？"马斯通从椅子上跳起来说。

"正是这个数字。"

"可是，这样一来，就必须采用我那半英里长的大炮了。"

"显然如此。"参谋说。

"160万磅的火药，"这位执行委员会的秘书接着说，"这大概会占据22,000立方英尺[1]的空间。可是，你的大炮只有54,000立方英尺[2]的容量，所以，大炮一半的空间将会被火药填满，那么要使膨胀的气体给予炮弹足够的推进力，炮膛就太短了。"

没有什么好回答的，马斯通说的是实话。大家都看着巴比·凯恩。

"可是，我坚持这个数量的火药，"主席说，"请你们想一想，160万磅的火药将产生出60亿公升的气体。60亿公升！你们听清楚了吗？"

"但是该怎么做呢？"将军问。

"很简单，必须压缩这个巨量的火药，并且同时保有它的力

---

1 稍微少于800立方公尺。（原文注）
2 相当于2000立方公尺。（原文注）

学威力。”

“好！不过，用什么方法？”

“我就来跟你们谈谈这个问题。”巴比·凯恩简单地回答。

和他对话的这些人都盯着他看，仿佛想把他吞下去似的。

“事实上，”他接着说，“没有什么比将体积缩减到1/4更容易的了。你们都知道那种构成植物基本组织的奇特物质，大家给它取名叫纤维素。”

“啊！”参谋说，“亲爱的巴比·凯恩，我懂你的意思了。”

“我们可以从各种不同的物体中，”主席说，“特别是从棉花里，得出这种物质的绝对精纯状态，而棉花只不过就是棉籽的茸毛。然而，把棉花浸泡在硝酸中，不用加热合成，它就会转化为一种在可燃性、不易溶解性和爆炸性方面都非常卓越的物质。几年前，也就是在1832年，法国的化学家布拉克诺发现了这种物质，把它称作克西洛依丁。1838年时，另一位法国人研究出它的多种属性。最后，一位居住在瑞士巴塞尔的化学教授修贝因，在1846年建议拿它来制作战争的火药。这种火药就是硝化棉……”

“又名低氮硝化纤维素。”艾尔费斯顿回答。

“或称作火棉。”摩尔冈不甘示弱地说。

“在这些发明家中，难道就没有一个美国人的名字吗？”马斯通在一股强烈的国家自尊情感牵动之下，高声地说。

"可惜，一个也没有。"参谋回答。

"不过，为了让马斯通满意，"主席接着说，"我要向他说，我们有一位同胞的工作与纤维素的研究有关，因为摄影技术的主要材料之一的火棉胶，也只不过是把低氮硝化纤维素溶解在添加酒精的乙醚中而已，而这是美纳尔发现的，他当时还是波士顿医学院的学生。"

"好啊！乌拉，美纳尔！乌拉，火棉！"爱喧闹的大炮俱乐部秘书喊道。

"我再回过头来谈低氮硝化纤维素，"巴比·凯恩接着说，"你们都知道这种物质的特性，这些特性使得它对我们而言非常珍贵：它制造起来非常方便，将棉花放入冒烟的硝酸中[1]浸泡15分钟，然后用清水冲洗，再弄干，就完成了。"

"的确，没有比这更简单的了。"摩尔冈说。

"此外，低氮硝化纤维素遇到潮湿也不会变质，这在我们眼里，是相当可贵的优点，因为装填大炮需要好几天的时间。它的燃点不是240摄氏度，而是170摄氏度，而且它能快速爆燃，我们可以在普通的火药上点燃它，前者都还没来得及着火，它就已经

1　因为硝酸在接触到潮湿的空气时，会冒出大量近白色的浓烟，故称之为"冒烟的硝酸"。（原文注）

爆燃了。"

"好极了。"参谋回答。

"唯独一点,它的价格较贵。"

"那有什么关系呢!"马斯通说。

"最后,它传送给炮弹的速度比一般的火药大4倍。我还要再补充一点,假如我们再掺入它原本重量8/10的硝酸钾,它的膨胀威力还会更大幅地提升。"

"必须这么做吗?"参谋问。

"我认为没有必要,"巴比·凯恩回答,"所以,我们只要用40万磅的火棉,就可以代替原本160万磅的火药。而且我们可以毫无危险地把500磅的棉花压缩进27立方英尺的空间里,这种物质在哥伦比亚大炮里就只占了30托瓦兹的高度。如此一来,炮弹在朝那黑夜的星体飞去之前,将会在60亿公升气体的推进下,穿过700英尺以上的炮膛!"

到了这个时候,马斯通再也无法克制自己的情感,他像一颗炮弹一样,猛烈地投入朋友的怀抱,要不是巴比·凯恩天生有个抵抗炮弹冲撞的好体魄,马斯通一定会在他身上捅破一个大洞。

执行委员会的第三次会议就在这个小插曲之后结束了。巴比·凯恩和他那几位认为天下无难事的大胆同事解决了炮弹、大炮和火药那么复杂的问题,他们的计划已经定好,就只剩下执行了。

"这不过是鸡毛蒜皮的简单小事。"马斯通说。

读者留意：在这次讨论中，巴比·凯恩主席宣称火棉胶是他的一位同胞所发明。这并非事实，尽管这样说会令正直的马斯通不高兴，但这个错误源自两个人的姓名雷同。

1847年时，波士顿医学院的学生美纳尔（Maynard）确实有把火棉胶运用在治疗伤口的想法，但是，火棉胶早在1846年就为世人所知。这份伟大发现的荣耀应归于一位法国人，他拥有非常卓越的才智，既是科学家，也是画家、诗人、哲学家、研究古希腊的学者，以及化学家，他是路易·梅纳尔（Louis Ménard）。

——儒勒·凡尔纳注

第十章

两千五百万个朋友与一个敌人

美国民众对大炮俱乐部的计划抱有浓烈的兴趣，即使是最微小的细节都不放过，他们天天留意着执行委员会的讨论。有关这个伟大实验里最简单的准备工作、计划所提出的数字问题、待解决的机械学困难，总之，一切关于计划进行的事情，都会引发民众极大的热情。

从工程开始到实验完成，会经过一年多的时间，可是在这段时间里，绝对不会缺少激动人心的事件。选择凿炮筒的地点、建造铸模、铸造哥伦比亚大炮、充满危险的火药装填工作，样样都会激起公众非比寻常的好奇心。炮弹一发射后，在十分之几秒以内就会脱离人们的视线；接着，它如何变化，它在太空中如何运行，会以何种方式抵达月球，这些将只有少数几位具有特权的人才能亲眼看见。因此，实验的准备与执行计划时的确切细节，就成为民众真正感兴趣的主题。

可是，众人对这项计划里纯科学方面的兴致，却由于一桩意外插曲，而突然加倍顺畅起来。

我们知道巴比·凯恩的计划使得身为发起人的他赢来了成群的钦佩者和朋友。然而，不管大多数人是如何感到光荣，人数又是如何众多，终究不会包括所有人。在整个合众国里只有一个人，单单一个人，反对大炮俱乐部的实验。这个人每遇到机会，就强烈抨击这项计划。而因人类天性使然，巴比·凯恩对这个单独的反对声音比对所有其他人的鼓掌叫好声更加敏感。

他相当清楚这股对立情绪的动机，他知道这孤独的敌意的源头，这由来已久的私人恩怨的原因，他也了解这是从什么样的自尊心竞争中所产生的。

这个锲而不舍的敌人，大炮俱乐部的主席从未当面见过。幸好如此，因为这两人若会面，一定会引起不愉快的后果。巴比·凯恩的这位对手和他一样是科学家，此人性格高傲，胆量大，坚定有自信，脾气暴躁，是一个不折不扣的美国佬。大家叫他尼科尔船长，他住在费城。

在南北战争时期，人人都知道，炮弹和装甲船舰的钢板之间有着奇怪的对抗。前者建造的目的是用来打穿后者，而后者则决意不让前者打穿。新旧大陆上各个国家的海军都由于这场对立而得以彻底改造重建。炮弹和装甲钢板相互斗争的激烈程度可以说是史无前例，如果一方扩大体积，另一方马上会依照一定的比例不断增加厚度。那些装置了巨型大炮的船舰，借着坚不可破的钢甲防护，行驶于战火连天的海上。军舰美里马克号、莫尼托尔号、哈姆泰内斯号、维寇森号[1]，在装上了抵御船舰攻击的钢甲以后，也发射巨大的炮弹来攻击其他船只。他们不愿意别人对他们做某事，却又拿这件事来对待别人，一切的战争技巧都是依据这项不道德的原则建立起来的。

而如果说巴比·凯恩是一个伟大的铸大炮专家，那么，尼科尔便是伟大的装甲钢板锻造师。一位在巴尔的摩日夜铸造大炮，另一位在费城日夜锻造装甲钢板。两个人的思考路径基本上完全相反。

巴比·凯恩一发明出新型炮弹，尼科尔紧接着就会发明一种新式钢板。大炮俱乐部的主席把一生的时间都花在如何穿孔上，而尼科尔船长则用同等的心力来阻止穿孔。这种时时刻刻的竞争最终演变成人身攻击。尼科尔化成一块刀枪不入的钢板出现在巴比·凯恩的梦里，把冲过去的自己撞得粉碎；而在尼科尔的梦

---

1 这些都是美国海军的战舰。（原文注）

中，巴比·凯恩就像是一颗贯穿他的炮弹。

然而，虽然这两位科学家依循着分歧的路线各自发展，而所有的几何学公理始终存在，他们终究还是有可能相遇，不过，两人届时见面的地点大概是决斗场了。还好，有五六十英里的距离把他们隔开，这对两位为国贡献的公民来说，可算是非常幸运，而且他们的朋友还在沿路上设满障碍，好让两人永远不会相见。

现在，这两位发明家中，哪一位会胜过对方呢？大家都不太清楚。从双方已经获得的成果上，很难有公允的判断。不过，总归来说，钢板似乎终会向炮弹让步。

不论如何，有能力当裁判的人对此仍心存怀疑。在最后几次实验里，巴比·凯恩的几颗圆锥炮弹都像大头针一样插在尼科尔的钢板上。那天，这位费城的钢板锻造师认为自己已经获胜了，对他的敌手也就不再抱持过于强烈的轻蔑。可是，当这位对手后来用600磅的普通榴弹代替锥形炮弹时，尼科尔船长不得不改变自己的乐观想法。的确，这种炮弹，尽管速度不快[1]，却能把用最好金属所制成的钢板击破、凿穿，炸得钢片四处喷飞。

事情发展到此，胜利似乎应该归属于炮弹了，然而，就在战争结束的当天，尼科尔完成了一种新型的锻铸钢甲！这是装甲中

---

1 这种炮弹使用的火药重量只有榴弹重量的1/12。（原文注）

的杰作，可以向世界上所有的炮弹挑战。船长派人把钢甲运到华盛顿的试炮场，想挑动大炮俱乐部的主席来击碎它。可是和平既然已经签订了，巴比·凯恩不愿意再进行实验。

这时，愤怒的尼科尔表示愿意让他的钢甲接受任何最奇特炮弹的射击，不论实心弹、空心弹、圆形或锥形弹都可以。俱乐部主席拒绝了，他显然不想损害他最后的成功。

尼科尔被这种卑劣到无法形容的顽固态度激怒了，他把全部有利的机会都让给巴比·凯恩，想借此引诱对方。尼科尔建议把他的钢板放置在离大炮200码的地方。巴比·凯恩仍旧固执地拒绝了。100码呢？已经60码了，答案还是不。

"那么，50码？"船长透过报纸喧嚷道，"25码？而且我还会站在钢板后面！"

巴比·凯恩让人转告他，就算尼科尔船长站到钢板前面，他也不会再射击炮弹。

听到这样的答复，尼科尔再也无法克制自己，他转而做人身攻击，他暗示说巴比·凯恩的回答与怯懦的个性密不可分，说拒绝打一发炮弹的那个人很可能是害怕了。总而言之，这些在6英里之外战斗[1]的大炮发明家已经小心翼翼地拿起数学公式来代替个

1　参见第七章，摩尔冈将军提到当时威力最强的大炮是罗德曼的哥伦比亚大炮，其射程为6英里。

人勇气了。此外，能站在装甲钢板后面静静等待炮弹的人，和使用各种技术规则来发射炮弹的人一样英勇无畏。

对于这些影射，巴比·凯恩一概不回答。也许他根本没有留意到那些话，因为当时他正全心专注在他那伟大计划的演算中。

当巴比·凯恩在大炮俱乐部做了那场著名的报告之后，尼科尔船长的愤怒就冲上了顶点。这股怒气里混杂着极端的嫉妒与完全无能为力的感觉！如何发明出一个比900英尺长的哥伦比亚大炮更好的东西呢？有哪种钢甲能抵挡得了一颗20,000磅重的炮弹呢？尼科尔在"这一发炮弹"的重击之下，先是感到震惊、颓丧、精疲力竭，然后他重新站了起来，决心用他的大量论据来压垮这个计划。

他因此非常强烈地抨击大炮俱乐部的工作。他发表了许多封信，报纸也没有拒绝转载。他试着从科学的角度来破坏巴比·凯恩的工作。战斗一旦展开，尼科尔就搬出各式各样的理由来支持他的论点，但老实说，那些理由往往似是而非，又不够充分。

一开始，受到猛烈攻击的是巴比·凯恩举出的数字。尼科尔试图用"A＋B"来证明算式错误，他指控巴比·凯恩不懂弹道学的基础原理。撇开别的错误不谈，根据尼科尔的计算，绝对不可能使任何物体的速度达到每秒12,000码，他手里拿着代数的计算，十分肯定地说，即使以这个速度，一颗这么沉重的炮弹永远也无法跨越地球大气层边缘！它就连8法里也走不到！更往前推，假定这个速度是可以达成的，而且也认定是足够快的，炮弹仍抵抗不了16,000磅火药燃烧时所产生的气体压力，就算炮弹耐得住这个压力，它无论如何都无法承受这样的高温，炮弹离开哥伦比亚大炮的炮口时，早就熔化成了滚烫的铁浆，犹如雨滴般落在愣头愣脑的观众头上。

巴比·凯恩读了这些攻击，眉头也不皱一下，就继续他的工作去了。

尼科尔于是从问题的其他方面下手，他认为这个计划从所有观点来看都是毫无用处的，但除此之外，他特别提到，这个实验极其危险，不论对那些以出席来认可这个该受谴责的发射过程的公民，还是对这座可悲大炮邻近的城市来说都一样。他同时提醒大家，假如炮弹没有到达它的目的地（它是绝对不可能到达的），那么，它当然会再掉落到地球上，这样沉重的物体，再乘上相当于速度平方的加速度，其所产生的坠落力道将会对地球上的某个地点造成极大的破坏。所以，在这种情况下，并且在不侵犯自由公民的权益的范围内，政府应该介入干涉。不能为了单独一人的意愿，让所有人的安全受到威胁。

我们可以看出，尼科尔船长将事情夸张到何种程度。他是唯一有这种看法的人，所以，没有人在乎他那些不祥的预言。既然他喜欢这么做，大家就让他尽情地呼喊，直到声嘶力竭。他让自己为那早已败诉了的案子做辩护，人们听他发言，却不把他的话听进去，而大炮俱乐部主席的崇拜者，他一个也没能拉走，更何况，巴比·凯恩根本不想花力气去反驳他对手的论点。

尼科尔陷在他最后的防御工事中走投无路，既然付出个人的精力无法打赢这场官司，他决心付出金钱。于是他在里奇蒙的《调查者报》上公开向巴比·凯恩提议一连串的赌注，现在将赌注的内容依照下注金额，由小到大列于下方。

他赌的是：

调查者报

大炮俱乐部无法筹足实验所需要的资金，若是输了愿付：1000美元。

铸造一座长900码的大炮的计划不可能实行，也不会成功，若是输了愿付：2000美元。

将无法在哥伦比亚大炮内装填火药，而且低氮硝化纤维素在炮弹的压力下，将会自行着火，若是输了愿付：3000美元。

哥伦比亚大炮第一次发射就会爆炸，若是输了愿付：4000美元。

炮弹不会飞出6英里以外，而且发射以后几秒钟内就会坠落，若是输了愿付：5000美元。

看得出来，这笔款项数目不小，正是因为那无法克制的固执心态，才使船长甘于冒这个险，赌注金额总共不下15,000美元[1]。

尽管赌注很大，船长还是在5月19日收到一封盖了封口印的信函，信上写着非常简短的几个字：

接受。

巴尔的摩，10月18日

巴比·凯恩

1　合81,300法郎。（原文注）

第十一章

佛罗里达与得克萨斯

还有一个问题待解决：必须选择一个适合进行实验的地方。根据剑桥天文台的建议，炮弹发射的方向应该与地平面垂直，也就是应该要朝天顶射击；可是，月球只有在位于南北纬0度到28度之间的地区，才会上升到天顶。换句话说，月球的赤纬只有28度[1]。因此，必须在地球上精准地决定一个地点，来铸造巨型的哥伦比亚大炮。

10月20日，大炮俱乐部召开全体会员大会，巴比·凯恩带来了一幅齐·贝勒卓普绘制的漂亮美国地图。不过，他还没来得及摊开地图，马斯通就以他惯有的急躁态度要求发言，并且径自

1　一个星体的赤纬是它在天球上的纬度，星体的赤经是它在天球上的经度。（原文注）

开口：

"可敬的同事们，今天要探讨的问题，对我们国家有十足的重要性，它将是一个让我们用伟大的行动来表示爱国心的机会。"

大炮俱乐部的会员相互对望，不了解这位演说者想要说什么。

"你们之中，"他接着说，"没有任何人会有损害国家光荣的念头，假如合众国可以要求一项权利，那么它会要求把大炮俱乐部这门了不起的大炮保留在自己的腰侧。然而，在目前的情况里……"

"正直的马斯通……"主席说。

"请允许我说明我的想法，"演说者接着说，"在目前的情况里，为了让实验能在良好的条件下进行，我们不得不选择一个距离赤道相当近的地方……"

"可以请你……"巴比·凯恩说。

"我要求有发表意见的自由，"激奋的马斯通立即抗议，"而且我主张发射我们这颗光荣炮弹的地区必须属于合众国。"

"那当然！"有几个会员响应道。

"好！既然我们的国境不够广阔，既然海洋在南方给我们立起一道无法跨越的障碍，既然我们必须到美国以外的地方，到交界的邻国去寻找这条28度纬线，这正是一个合法的开战理由，我要求向墨西哥宣战！"

"不，不！"到处都有人在喊。

"不！"马斯通反驳，"在这个场所居然听到这样的反应，真让我感到惊讶！"

"可是请听我说……"

"绝不！绝不！"激昂的演说者高声叫喊，"这场战争迟早都会发生，我要求今天就开打。"

"马斯通，"巴比·凯恩一面让他的响铃发出刺耳的爆炸声，一面说，"我取消你的发言权！"

马斯通想反驳，但是他的几个同事总算使他忍住没有说话。

"我同意我们的实验只能够而且也只应该在合众国的土地上进行，"巴比·凯恩说，"假如我这位着急的朋友能让我说话，假如他朝地图上看一眼，他就会知道根本用不着向我们的邻居宣战，因为美国的某些边境地区已经向南延伸超过了纬度28度线。请各位看看，得克萨斯州和佛罗里达州的整个南部都可以任由我们支配。"

这段小事故就此结束。马斯通虽是被说服了，不过他心中仍旧不无遗憾。而大会也因此决定将在得克萨斯州或佛罗里达州的境内铸造哥伦比亚大炮。可是这项决议必定会在这两州的许多城市之间掀起史无前例的竞争。

北纬28度线在遇到美国海岸之后，穿越佛罗里达半岛，将半岛切为面积几乎相等的两部分。接着，这条纬线投入墨西哥湾，变成由亚拉巴马、密西西比与路易斯安那三州的海岸所形成的弓形海湾的弓弦。然后，纬线碰触到得克萨斯州，切出一块三角地带，又穿过墨西哥领土继续延伸，越过索诺拉河，跨过老加利福尼亚，然后没入太平洋的几个海域里。所以，只有得克萨斯州和佛罗里达州的一部分是位于这条纬线的下方，也只有这两处符合剑桥天文台建议的纬度条件。

佛罗里达州的南部没有重要的大城。在那儿，只矗立着几座为了防御居无定所的印第安人而建造的堡垒。唯独一个城市——坦帕城，因为位置适宜，可以提出申请，并且有权成为候选地点。

在得克萨斯州，情况则恰好相反，这儿的城市比较多也比较重要，努埃塞斯县的圣体市，以及许多位于布拉沃河沿岸的城市，例如乐维布郡的拉雷多、科马里特、圣伊格纳西奥；史塔尔郡的侯马与里奥格兰德城；伊达尔戈郡的爱丁堡；卡美隆郡的圣丽塔、爱勒潘达、布朗斯维尔，所有这些城市组成一个势力庞大的联盟，共同对抗佛罗里达州提出的诉求。

因此，决议才刚宣布，得克萨斯州和佛罗里达州的代表们立刻抄最近的路程赶到巴尔的摩。从这时候起，巴比·凯恩主席和大炮俱乐部里具有影响力的会员就被巨大的要求声浪日夜围攻。如果说希腊七个城市为了抢有大诗人荷马出生地这样的荣誉而辩论不休，那么，这两州的全体公民在关乎一门大炮的争夺中，简直就快要互相打起来了。

城里的大街小巷都可以见到这些"恶狠的弟兄"带着武器散步。每次他们相遇，就有可能爆发冲突，导致不幸的后果。幸好，全凭主席巴比·凯恩的谨慎和机智，才避免了这个危险。个人性质的示威活动也在各州的报纸上找到抒发管道，例如《纽约先驱报》和《论坛报》支持得克萨斯州，而《时代报》和《美国评论报》则站在佛罗里达州这一边。大炮俱乐部的会员不知道该听哪一方的话才好。

得克萨斯骄傲地列出26个看起来准备就绪的郡城，但佛罗里达回答，以一个比对手小6倍的州来说，12个郡可以抵得过对方的26个。

得克萨斯夸耀自己拥有33万人的在地人口，但是，佛罗里达吹嘘自己虽然只有56,000人，不过土地面积较小，所以人口密度较高。此外，佛罗里达还指责疟疾是得克萨斯州的特色，这种传染病每年平均夺走好几千个居民的性命。这点倒是没有说错。

轮到得克萨斯反击了，他说，在热病传染这方面，佛罗里达实在没什么值得羡慕的。自己有幸患上一种呕出黑血的慢性黄热病，却还指责别人是不卫生的地方，这种做法至少算是考虑欠周。这番话也很有道理。

"再说，"得克萨斯人透过为他们发声的《纽约先驱报》补充道，"对一个长有全美质量最佳棉花的州，一个出产用来造船最棒的绿橡树的州，一个蕴藏绝佳煤矿和铁矿，而且纯矿石的产量达到50%的州，对这样一个州，我们应该予以敬重。"

针对这些话，《美国评论报》的回答是，佛罗里达州的土地虽然没有这般富饶，但是它能为哥伦比亚大炮的制模和浇铸提供更优良的条件，因为这里的泥土是由沙和黏土构成的。

"可是，"得克萨斯人接着说，"要在一个地方铸造任何东西之前，必须能先到达当地。但是佛罗里达的对外交通不方便，而得克萨斯的海岸有加尔维斯顿湾，其周长14法里，能容纳全世界来的船队。"

"好啊！"几家忠于佛罗里达人的报纸都在重复着，"你们想拿那个位于29度纬线之上的加尔维斯顿湾来蒙骗我们。我们难道没有一个圣艾斯皮里迪湾吗？它的湾口正好就在28度纬线上，而且船只可以从这里直接到达坦帕城。"

"好个美丽的海湾！"得克萨斯回答，"它可是大半边都被沙淤塞了！"

"你们的也淤塞了！"佛罗里达叫嚷道，"为什么不干脆说我这里是蛮荒地带呢？"

"的确，塞米诺尔人[1]还在你们的草原上奔跑呢！"

"那么，难道你们的阿帕契人和科曼奇人[2]都已经开化了！"

你来我往的论战就这么持续了好几天，这时，佛罗里达又想把他们的敌手引到另一个战场上。有一天早上，《时代报》语带暗示地说，这是个"地道的美国"事业，所以实验也只能在"地道的美国"领土上来进行！

听到这几句话，得克萨斯跳了起来："美国的！"他高声说，"我们不是和你们一样都是美国的领土吗？得克萨斯和佛罗里达这两个州不都同样是在1845年并入合众国的吗？"

"毫无疑问，"《时代报》回答，"但是，我们在1820年就属于美国了。"

"我相信是这样，"《论坛报》反唇相讥，"你们当了200年的西班牙人或英国人之后，才被他们以500万美元卖给美国！"

"那有什么关系！"佛罗里达人反驳，"我们难道应该为此脸红吗？路易斯安那州不就是在1803年，以1600万美元的代价[3]从拿破仑手中买来的吗？"

"真是可耻啊！"得克萨斯州的代表们叫嚷着，"像佛罗里

---

1 美国原住民印第安族的一支，原本住在佛罗里达州。

2 阿帕契人，美国势力相当强大的印第安族，曾与白人对抗了数世纪。科曼奇人，居住在得克萨斯州北部的印第安族。

3 相当于8200万法郎。（原文注）

达这样一块微不足道的地方，居然敢和得克萨斯较量长短。得克萨斯非但没有变卖自己，反而靠自己的力量取得独立，在1836年3月2日赶走墨西哥人，在塞缪尔·休斯敦将军的率领下，于圣哈辛托河畔击败圣塔·安那所领导的墨西哥军队，并在胜利之后，宣布成立联邦共和国！总之，这个州是自愿加入美利坚合众国的！"

"因为他怕墨西哥人！"佛罗里达回答。

害怕！这个词确实太尖锐了，从它被说出口的那天起，情势变得再也没有回旋的余地。两派人马随时有可能在巴尔的摩大街上互掐脖子，展开厮杀。州代表的行动不得不因此受到限制。

巴比·凯恩主席不知道怎么办才好。报告、文件，以及充满威胁的信函像雨点一般纷纷送到他家。他应该选择哪一边呢？从土地适宜、交通便利、运输快捷的角度来看，两个州的条件确实相等。至于政治资格方面，根本就与问题无关。

然而，这个游移不定、左右为难的状况已经持续好一阵子了，巴比·凯恩决心做个了结，他将所有的同事召集在一起，而正如我们即将在下文中读到的，他所提议的解决方案极为明智。

"鉴于近来在佛罗里达和得克萨斯所发生的事情，"他说，"即便选出了一个州，同样的困难显然还是会在该州的几个城市之间再度产生。竞争将会犹如分类学的属降级到种一般，从州的层级转到城市层级，就是这么回事。得克萨斯州拥有11个符合条件的城市，它们将会为了成为实验地点的这份光荣而争斗，这又会给我们制造出新的麻烦。反观，佛罗里达州却只有一个合格的城市。所以，就选择佛罗里达，选择坦帕城吧！"

决定公布后，得克萨斯州的代表都十分沮丧。他们的内心燃起难以形容的怒火，还指名挑衅大炮俱乐部的会员。巴尔的摩的官员只有一个办法可用，他们也真的采用了。官方派人启动了一列特别的火车，不管得克萨斯人愿不愿意，把他们全都送上车，这批得克萨斯人便以每小时30英里的速度，离开了巴尔的摩城。

不过，虽然他们很快就被载走，却还是来得及对他们的敌手做最后一次带有威胁的讥讽。

他们影射佛罗里达的面积狭窄，说它不过是一块夹在两个大海之间的半岛，他们声称佛罗里达将无法抵抗得住大炮发射时的震动，一开炮就会被震垮。

"好吧！就让它垮吧！"佛罗里达人以足可媲美古人的简洁方式做了回答。

第十二章

世界的各个角落

　　天文学、力学与地形学的困难一旦解决之后，接续而来的就是金钱的问题。需要筹措一笔庞大的金额来实现计划。没有任何一个人，甚至任何一个州，能拿得出工程所需要的数百万美元。

　　因此，尽管这是美国人的实验，巴比·凯恩主席仍决定把它当作一件与世界利益有关的事务，并且请求各个民族给予财源上的协助。参与地球卫星的事业是整个地球的权利和义务。为了这个目的而发起的募捐，从巴尔的摩扩展到全世界的各个角落。

　　这场募捐或许能得到超乎期待的成功，然而，它要求的是赠予，不是借贷，从字面上的直接意义来说，这是一个完全不追求私人利益的活动，而且也没有提供任何获取利润的机会。

　　巴比·凯恩的报告所引起的回响并非止于美国的边境，它越过了大西洋和太平洋，同时遍及亚洲和欧洲、非洲和大洋洲。合众国的天文台立即与外国的天文台建立了联系；有一部分的天文台，像是巴黎、圣彼得堡、开普敦、柏林、阿托纳[1]、斯德哥尔摩、华沙、汉堡、布德[2]、波隆那[3]、马耳他、里斯本、贝纳勒斯[4]、马德拉斯[5]、中国北京，这些地方的天文台都向大炮俱乐部转达他们的祝贺；其他的一些天文台则保持谨慎的观望态度。

至于格林尼治天文台，由于受到大不列颠另外22所天文学机构的支持，态度直截了当。他大胆否定了成功的可能性，并对尼科尔船长的理论深表赞同。所以，当各种不同的科学团体纷纷允诺派遣代表到坦帕城时，格林尼治办公室这时才召开会议，把巴比·凯恩的提议突如其来地排入议程。这没有别的理由，纯粹是出于英国人的嫉妒。

总之，科学界的反应极佳，而且这种反应从单独个人一直传递到广大群众之间，大家普遍对这个问题相当热衷。既然要号召大众捐出一笔数目可观的资金，这点就非常重要。

巴比·凯恩主席曾在10月8日，发表了一篇热情洋溢的宣

1　位于加拿大的东南部。

2　匈牙利旧时的首都，位于多瑙河西岸。

3　意大利北部最发达的城市之一。

4　又称瓦拉纳西，是印度北部的圣城，位于恒河左岸。

5　印度南部最主要的大城。

言，他在文章中对"地球上所有诚恳善良的人"发出呼吁。这份文件被翻译成各种语言，获得很大的成功。

募捐活动在合众国的各个主要城市展开，所得的捐款再集中存放在巴尔的摩街9号的巴尔的摩银行。接着，在欧美两个大陆的不同国家里，也都进行了募捐：

在维也纳，罗斯柴尔德家族银行；

在圣彼得堡，史迪格利兹公司；

在巴黎，动产信贷银行；

在斯德哥尔摩，托提与阿尔夫瑞德森银行；

在伦敦，罗斯柴尔德家族银行；

在意大利杜林，阿尔杜安公司；

在柏林，门德尔颂银行；

在日内瓦，隆巴尔欧迪耶公司；

在君士坦丁堡，奥斯曼纳银行；

在布鲁塞尔，隆贝尔公司；

在马德里，丹尼耶·威斯维列公司；

在阿姆斯特丹，荷兰信贷；

在罗马，透厄隆尼亚公司；

在里斯本，勒赛斯纳银行；

在哥本哈根，民营银行；

在布宜诺斯艾利斯，莫瓦银行；

在里约热内卢，同上；

在乌拉圭的蒙德维迪尔，同上；

在智利的瓦尔帕莱索，汤马斯·拉香伯尔公司；

在墨西哥城，马尔坦·达宏公司；

在秘鲁的利马，汤马斯·拉香伯尔公司。

巴比·凯恩主席发表宣言后的第三天，就有400万美元[1]的捐款交到合众国不同城市的银行里。有了这样一笔款项，大炮俱乐部的计划已经可以顺利推行了。

而且，才几天之后，就有电报通知美国说，国外的募捐也受到热烈的响应。某些国家表现得特别慷慨，另一些国家则比较不容易解囊相助。这是民族气质的问题。

无论如何，数字比言语更具说服力，以下便是募捐结束后，被登录成为大炮俱乐部资产的正式款项：

俄罗斯交付的分担额是一笔高达368,733卢布[2]的巨款。会对此感到惊讶的人，必定是因为不了解俄罗斯对科学的爱好以及他们在天文学研究上所获得的进步。他们的天文学成就，全应该归功于国内设立了许多天文台，其中最主要的一座，价值200万

1　大约是2100万法郎。（原文注）

2　合1,475,000法郎。（原文注）

卢布。

法国一开始时取笑美国人抱负太高，自命不凡。法国人拿月球当借口，重新找出成千篇过时的文字游戏和二十几首讽刺民歌，其内容既庸俗又无知。不过，正如从前唱完歌要付钱一样，这次，法国人在取笑完之后，也付出一笔费用，他们总共捐出了1,253,930法郎。以这个数目来看，他们倒是颇有权利来消遣娱乐一下。

奥地利尽管财政烦扰不断，仍表现得十足大方。在公众捐款方面，他分担了216,000弗罗林[1]，这笔金额受到了大炮俱乐部热烈的欢迎。

瑞典和挪威的金钱援助合计有52,000个里克斯达勒银币[2]。对这两个国家而言，数目相当可观。不过，假如募捐活动能同时在克里斯蒂安尼亚[3]和斯德哥尔摩两地举行，所得的金额一定会更高。由于某种理由，挪威人不喜欢把他们的钱汇到瑞典。

普鲁士汇来25万塔勒[4]，这证明了他对这个事业的高度赞同。普鲁士不同地方的天文台十分踊跃地分担了这笔数目大部分的捐

1　合52万法郎（原文注）。弗罗林是中世纪时通行于意大利的钱币，后来逐渐被欧洲多国采用。

2　合294,320法郎。（原文注）

3　挪威首都奥斯陆的旧称。

4　合937,500法郎。（原文注）塔勒，日耳曼帝国时通用的大银币。

款。他们是巴比·凯恩主席最热情的鼓励者。

土耳其出手毫不吝啬。但是，他与这项实验是有个别关联的。事实上，土耳其的年月转换和斋戒月日期都是依照月球的运行来计算。他募集的款项不可以少于1,372,640皮亚斯特[1]，而他也十分乐意地捐了出来，然而这种热烈的态度反倒揭露了执政的拉波尔特政府[2]多少都曾施过压力。

比利时算是所有二等国家中捐款较多的一个，他拿出了513,000法郎，每位居民平均大约捐12生丁。

荷兰及其殖民地对这项科学实验相当感兴趣，从他们赠予了110,000弗罗林[3]即可见一斑，不过，因为是现金付款，他们要求能享有5%的回扣。

丹麦虽然受领土的限制，仍然捐出了9,000枚杜卡托纯金币[4]，这份贡献证明了丹麦人对科学探险的热爱。

德意志邦联[5]承诺出资34,285弗罗林[6]；我们不能对他们提出更高的要求了，况且，他们也不会给更多。

1　合343,160法郎。（原文注）
2　奥斯曼帝国时期统治土耳其的政府。
3　合235,400法郎。（原文注）
4　合117,414法郎。（原文注）
5　是个面积庞大但结构松散的政治组织，成立于1816年，瓦解于1866年，成员国大多是公国或者城邦，领土涵盖现今德奥以及匈牙利等东欧各国。
6　合72,000法郎。（原文注）

意大利的经济状况虽然非常拮据，还是从儿童们的口袋里找出了200,000里拉，不过这可是把口袋底都翻过了。假如他能拥有威尼斯共和国的话，可能会表现得更好；但是这个共和国已经不存在了[1]。

教宗国认为他的捐款不应少于7040罗马埃居[2]，而葡萄牙对科学的忠诚使他的募捐结果高达30,000克鲁萨德[3]。

至于墨西哥，他捐出86枚皮亚斯特大银圆[4]，可以说是"寡妇的最后施舍"[5]，不过，这个刚成立不久的帝国，总不免有些财政困难。

瑞士对这项美国的事业提供了257法郎的小量援助。必须坦白地说，这个国家一点也不了解此实验的实际意义，他不认为发射一颗炮弹到月球上就能与这个黑夜的星体建立往来。对他而言，将资金投注到这样不确定的高风险事业上，显得相当不明智。到头来，瑞士也许是对的。

1　当时威尼斯被奥地利帝国占领，直到1866年才统一到意大利王国中。

2　教宗国，教宗统治的领地，位于现今意大利境内，于1861年以后逐渐被并入意大利王国，最后缩减至只剩下梵蒂冈。7040罗马埃居，合38,016法郎。（原文注）

3　合113,200法郎。（原文注）

4　合1727法郎。（原文注）

5　意指穷人拿出自己仅有的微薄收入帮助他人。语句典故出自《圣经》，耶稣在一群做宗教奉献的信徒中，发现一位穷苦年老的寡妇正拿出身上的一点钱来捐献，他于是以此作为例子，教导信徒真正的虔诚源自内心，是肉眼看不见的。

而西班牙呢，他没办法筹集到比110个里亚尔银币[1]更多的钱了。他拿修缮铁路做借口，而真相是这个国家不太重视科学，他仍处在些许落后的状态。而且有些并非缺乏学识的西班牙人，对炮弹和月球的大小比例没有准确的了解。这些人担心炮弹万一干扰月球的轨道，打乱了这颗卫星的运作，会导致月球掉到地球上。在这种情况下，最好还是不要介入。而除了拿出几个里亚尔之外，他们也的确做到不参与。

剩下英国了。我们都知道他是以一种轻蔑的反感态度来接受巴比·凯恩计划的。而大不列颠境内的2500万名居民只有一个相同的心灵。他们暗示说，大炮俱乐部的实验违背了"不干涉原则"，所以他们连1法寻[2]也不会捐。

大炮俱乐部听到这个消息后，只不过耸耸肩，就继续从事它的伟大事业了。南美洲，也就是包括秘鲁、智利、巴西、拉普拉塔河[3]流域的各省，以及哥伦比亚，从这些地方募集到的分担额共计300,000美元[4]，在这笔可观的募捐所得清单里，居于首位。以下是捐款的总账目：

1　合59法郎又48生丁。（原文注）

2　英国的旧硬币。在英国旧币制里，1英镑等于240旧便士，而1法寻的价值只有1/4旧便士。

3　位于南美洲东南部，阿根廷和乌拉圭之间，两国的首都均建立在此河岸边。

4　合1,626,000法郎。（原文注）

美国国内捐款 4,000,000 美元

国外捐款 1,446,675美元

总计 5,446,675美元

所以，群众缴进大炮俱乐部出纳柜的总金额是5,446,675美元[1]。

对于这笔金额数目之庞大，没有人会感到惊奇吧！铸造大炮、钻炮筒的工程、砌造护炮体、运输工人、将工人安置在几乎无人居住的地方、建筑窑炉和房屋、工厂内的机械装备、火药、炮弹、额外的开支……所有这一切，依据估价单来预算，大概就把捐款几乎耗尽了。南北战争时期，某些大炮发射一次就能花掉1000美元；而巴比·凯恩主席的这个大炮射击纪事里，绝无仅有的发射实验，其花费很可能要多上5000倍。

10月20日，负责这次实验的相关单位与高尔兹布罕工厂签订一份合约，这家工厂位于纽约附近，在战争期间曾经供给巴洛特-加龙省[2]最好的铸铁大炮。

签约的双方明文规定，高尔兹布罕工厂应把铸造哥伦比亚大

_____

1 合29,520,983法郎又40生丁。（原文注）
2 美国南北战争时期的炮兵部队军官，也是有名的大炮发明家。

炮所需的物资运送到佛罗里达南部的帕坦城。所有作业最迟必须在明年10月15日完工，交出的大炮也必须配备齐全，符合要求，否则必须支付每天100美元的罚金，从预定交货日起，直到下一次月球符合相同的发射条件为止，也就是在18年又11天后。工人的招募、薪资给付，与必要的工作状况调整，都归高尔兹布罕工厂处理。

这份在诚信原则之下制定的一式两份合约，由大炮俱乐部主席巴比·凯恩和高尔兹布罕工厂负责人穆尔奇森签字并经双方许可之后生效。

第十三章

石头岗

自从大炮俱乐部会员舍弃了得克萨斯，选择另一州以来，在人人识字的美国，每个人都认为有义务把佛罗里达的地理好好研读一下。书店从来不曾卖过这么多本巴尔崔姆的《佛罗里达之旅》、罗曼的《佛罗里达东西部自然史》、威廉的《佛罗里达的版图》、克莱隆的《佛罗里达东部的甘蔗栽培》。这些书全都必须再版。大家对佛罗里达的关注形成了一股狂热。

巴比·凯恩有比阅读更重要的事情要做，他希望能亲自勘查并决定哥伦比亚大炮的建造地点。所以，他一刻也没浪费，将建置望远镜的经费拨给剑桥天文台，和阿尔巴尼的布莱德威尔公司洽谈制造铝炮弹的事宜，接着，便在马斯通、参谋艾尔费斯顿以及高尔兹布罕工厂负责人的陪同下，离开了巴尔的摩。

第二天，四位同行的伙伴到达纽奥良。他们立即在那儿登上联邦海军的护卫舰唐彼克号，那是政府派来供他们使用的水上运输工具。军舰的炉火旺盛，一路疾驶，没多久，路易斯安那的海岸就在他们眼前消失了。

这段渡海的航程不算长，他们出发之后才两天，唐彼克号已经行驶了480英里[1]，望见佛罗里达的西岸。在舰艇逐渐靠近岸边时，巴比·凯恩眼前正面对着一片看起来相当贫瘠的平坦低地。唐彼克号沿着一个又一个盛产牡蛎和龙虾的小海湾航行，最后进入圣艾斯皮里迪湾。

这个海湾分成两个长条形的停泊场，一个是坦帕停泊场，另一个是西利斯柏侯停泊场，轮船很快地绕进西利斯柏侯停泊场的狭窄入口。过了一会儿，可以看见布鲁克堡垒矗立在波浪之上，接着坦帕城出现了，它像是漫不经心似的，躺在西利斯柏侯河口形成的天然小海港的深处。

10月22日晚上7点，唐彼克号一在这个小港抛下锚，四位乘客就立即下了船。

巴比·凯恩走在佛罗里达的土地上，他感觉自己的心脏跳动得十分剧烈，他抬起脚试探地面，样子就像一个在检验房屋是否

---

1 大约是200法里。（原文注）

坚固的建筑师。马斯通也用他那铁钩手的尖端拨弄着地上的泥土。

"诸位先生，"巴比·凯恩这时开口说，"我们没有时间可以浪费了，明天起我们就骑马勘查环境。"

巴比·凯恩一踏上这片土地，坦帕城的3000个居民就前来迎接他，在他们看来，这是在遴选过程中眷顾坦帕城的大炮俱乐部主席应得的荣耀。他们在响亮的喝彩声中欢迎他。可是，巴比·凯恩避开所有群众欢呼的场面，躲进富兰克林旅馆的房间，什么人也不接见。名人这个"职业"显然不适合他。

第二天，10月23日，几匹神采奕奕、活力充沛的西班牙小马在巴比·凯恩的窗下，用前蹄踢蹬着。不过这里可不只4匹，而是50匹，以及坐在马上的骑兵。巴比·凯恩由三位伙伴陪伴下楼，发现自己被这样大阵仗的队伍包围，感到十分惊讶。此外，他留意到每个骑兵的肩上都斜挂着一支卡宾短枪，马鞍上还系有多支装在皮套里的手枪。一位年轻的佛罗里达男子立刻告诉他这个武装排场的理由，这个人说："先生，这一带有塞米诺尔人。"

"什么塞米诺尔人？"

"在草原上四处流窜的野蛮人，我们认为应该谨慎行事，让人护送你们。"

"嘿！"马斯通一面表示不甚在意，一面跃上他的坐骑。

"总之，"佛罗里达男子接着说，"这样做比较安全。"

"各位先生，"巴比·凯恩回答，"谢谢你们的好意，现在，上路吧！"

这一小支队伍立即出发，消失在一阵尘土中。时间是清晨5点，阳光已经明亮耀眼，温度计指着84度[1]，但是，从海上吹来的凉爽微风缓和了这股过于强烈的热气。

巴比·凯恩离开坦帕城，沿着海岸南下，直到抵达阿里菲亚溪。这条小河在坦帕城下方12英里处，流入西利斯柏侯湾。巴比·凯恩和护卫骑兵队顺着溪流右岸走，继续朝东攀行。海湾的波涛不久就隐没在一块皱褶地之后，接着举目望去，尽是佛罗里达的田野。

佛罗里达州分为两部分：一部分在北边，人口较稠密，较繁荣，它的首府是塔拉赫西，还有一个名为彭萨科拉的城市，是美国主要的海军兵工厂之一；另一部分夹在大西洋和墨西哥湾之间，在两边海水的压迫下，只不过是一个受墨西哥湾流侵蚀的细长半岛，一块迷失在一小群岛屿间的地岬，巴哈马海峡上的众多船只川流不息地环绕着它行驶。这是经常遭大型暴风雨肆虐的海湾上一处突出的岗哨。这个州的面积有38,033,267英亩[2]，必须从其中选出一个位于北纬线28度以内，且适宜进行发射实验的地方；

---

1 这是华氏温度计，当时的温度相当于28摄氏度。（原文注）
2 相当于15,365,440公顷。（原文注）

因此巴比·凯恩专注地查看土壤结构及其特殊的分布状况。

佛罗里达州是西班牙人儒安·庞斯·德莱昂在1512年的圣枝主日[1]发现的，所以最初被称作"百花盛开的复活地"。它那被太阳烤焦的干旱海岸地带，实在难以配得上这个美丽的称号。但是，来到距离岸边几英里的地方，土质逐渐改变，使人觉得，取那样的名称，对这地区而言是当之无愧了。溪流、河川、水道、池塘、小湖泊，交织成一片错综复杂的水路网，把土地分割成块状，走在其间，会以为是置身在荷兰或圭亚那。接着，原野的地势渐渐升高，一片片耕作过的平原一下子映入眼帘。所有北方和南方的植物农产生长得多么好啊！在那辽阔的田野上，热带地区的阳光和保存在黏土里的水分为作物的栽培提供有利的条件。最后，种植菠萝、山药、烟草、稻米、棉花、甘蔗的平原向四处延展，一望无际，正无忧无虑、毫不吝惜地展现它们的富庶。

巴比·凯恩看到地面渐次高起，显得非常满意，当马斯通就地势的问题询问他时，他回答："高贵的朋友，我们最好在一片高地上铸造我们的哥伦比亚大炮，这样做对我们非常有利。"

"为了能更靠近月球吗？"大炮俱乐部的秘书高声说。

"不！"巴比·凯恩微笑着回答，"在距离远近上，多几个

---

1 复活节前的星期日，根据记载，耶稣在这一天进入耶路撒冷，受到群众手持棕榈树枝夹道欢迎。

或少几个托瓦兹，又有什么关系呢？不是这么一回事。不过，在高地上，我们的工程会比较容易进行；我们用不着和水搏斗，因此也无须铺设又长又贵的管线。当工程涉及挖凿一口900英尺深的井时，就不得不考虑这一点。"

"你说得对，"工程师穆尔奇森这时说道，"在掘井时，必须尽可能避开水流。不过，假如我们真碰上泉水了，那也没关系，我们用机器把它抽干，或者将它引到别处。这里可不是那些狭窄阴暗的阿尔泰西翁井[1]，唉，当时螺丝锥、钻孔机、勘测钻，总之，所有钻井必备的工具，都像盲人一样摸索着工作。现在的这项工程却不同，我们是在光天化日之下，手拿十字镐或鹤嘴镐来作业，再加上帮助甚大的地雷，我们就可以快速干活了。"

"不过，"巴比·凯恩又说，"假如我们能借着高地势和优良土质，避免与地下水搏斗，那么工作就可以做得更快、更完善。所以，我们要找一块海拔几百托瓦兹的高地来挖凿我们的大坑。"

"有道理，巴比·凯恩先生，假如我没有弄错，我们很快就会找到合适的地点了。"

1　阿尔泰西翁井又称自流含水层井，此类井的水面高于地面，形成自流现象。由于自流含水层现象是在法国的阿尔泰地区发现的，所以依此命名。葛内勒井（巴黎的第一口自流水层井）花费了9年的时间才挖掘完成，井的深度为547公尺。（原文注）

"啊！我希望自己是举起十字镐掘第一下的人。"主席说。

"我要掘那最后一下！"马斯通大声说。

"我们会成功的，诸位先生，"工程师回答，"而且，请相信我，高尔兹布罕不会要缴延迟罚金给你们的。"

"圣巴尔伯保佑！你说的话不会错的！"马斯通回应道，"每天100美元，直到月球再次处于相同条件下为止，也就是18年又11天的时间，你可知道总共是658,100美元[1]？"

"不，先生，我们不知道，"工程师回答，"而且也不需要知道。"

上午将近10点了。小小的队伍已经走过12英里多。继肥沃的田野之后出现的是森林区。那里杂生着各式各样的树木，尤其以热带品种最为丰富。组成这片几乎无法通行的森林的树种有石榴树、橙树、柠檬树、无花果树、橄榄树、杏树、香蕉树、大株的葡萄树，它们的花和果实，在色彩与香味上争奇斗艳。这些美丽林木所形成的充满香气的树荫下，是一群色彩夺目的鸟类世界，鸟群鸣唱着，飞翔着，其中特别引人注意的是食蟹鹭，它们的巢必定犹如珠宝盒，如此才不愧是这些鸟儿的窝。

马斯通和参谋置身在这片丰富的大自然，无法不赞赏它那熠

1　合3,566,902法郎。（原文注）

熠生辉的美。但是巴比·凯恩主席对这些美景似乎无动于衷，他急着往前走，并不喜欢这个富饶多产的地区，甚至就是因为它太丰富多产了。他虽然并非地下水探寻家，却能感觉脚底下有水，他想找到一个无可争辩的干燥征象，却是白费力气。

然而，大家仍一直前进着，还必须涉水走过好几条河流，这并非绝对安全，因为这些河里栖息着大量侵扰环境的凯门鳄，个个长达15英尺到18英尺。马斯通胆量大，用他那可怕的铁钩手威胁这些爬虫类，可是，他只惊吓得了鹈鹕、野鸭、鹬，这些河边的野生居民，而高大的红鹳则是呆呆地望着他。

后来，这群潮湿地带的常客不再出现在他们的视线里，一些较矮小的树木稀稀疏疏地散立在不怎么浓密的林地里，受惊的黄鹿群正从平原上经过，几簇孤立的树丛清楚地显现在无边无际的平原中央。

"总算到了！"巴比·凯恩从马镫上站起来叫道，"这里是松树地带了！"

"也是野蛮人出没的地带。"参谋回答。

果然有几个塞米诺尔人出现在地平线上。他们显得情绪激动；骑在快马上来回奔跑，或是挥舞长矛，或是用枪声低沉的步枪射击。不过，他们的行动仅止于带着敌意的示威，没有引起巴比·凯恩和同伴们的不安。

巴比·凯恩一行人这时恰好在一片布满砾石的平原中央,灼热的阳光正倾泻在这块好几英亩的宽阔土地上。这平原是由面积广大的突起高地所形成,似乎提供了大炮俱乐部的成员建造哥伦比亚大炮所要求的一切条件。

"停!"巴比·凯恩勒住马说,"这个地方可有一个名称?"

"它叫作石头岗。"一个佛罗里达人回答。

巴比·凯恩从马上下来,没说一句话,拿出仪表量具,极为精确地测定方位。这一小队人马排在他周围,悄然无声地看着他。

这时候,太阳正经过子午圈,是正午时间。一会儿之后,巴比·凯恩快速地提出了他测量所得的数字,他说:"这个地方位在海拔300托瓦兹,北纬27度7分,西经5度7分[1]。依我看来,此处石砾多,土质又干燥,提供了对发射实验有利的所有条件。因此,我选择在这片平原上建造我们的仓库、工坊、熔炉,以及我们工人的住房,就是这里,正是从这里,"他一面重复说,一面用脚跺了跺石头岗的高地,"我们的炮弹将从这里出发,朝太阳系的太空飞去。"

1　这个测量结果是以华盛顿的经线为基准。这条经线和巴黎的经线相差79度22分。所以,若从法国的角度来测量,结果会是83度25分。(原文注)

第十四章

十字镐和镘刀

当天晚上，巴比·凯恩和他的同伴返回坦帕城，工程师穆尔奇森则重新登上唐彼克号前往纽奥良。他必须招募大批的工人，并把最大限度的物资运到这里来。大炮俱乐部的三位会员都留在坦帕城，在当地民众的协助下，组织初步的准备工作。

在出发后的第八天，唐彼克号带着一队蒸汽船回到圣艾斯皮里迪湾。穆尔奇森已经召集到1500名劳工。要是在艰苦的奴隶制度时代，他的时间和精力早就白白浪费了。但是，自从美国这片自由土地的人都成为自由人以来，凡是有酬劳优渥的工作召唤人手，不管在哪里，大家都会赶忙往那里去。而大炮俱乐部并不缺钱，它支付高薪给员工，并依据个人表现提供可观的额外奖金。可以确信的是，被雇用来佛罗里达工作的工人，在工程完工后，都会领到一笔以他个人名义存放在巴尔的摩银行里的资金。所以，穆尔奇森目前只有选择上的困难了，他可以对工人的智力和技术纯熟度提出严格要求。我们有理由相信，在他招募的这个庞大的劳动军团里，都是各个行业里的佼佼者，包括优秀的机械员、司机、铸铁工、锻造工、矿工、制砖工人，以及各类普通工人，黑人与白人都有，完全没有以肤色做区别。许多人携家带眷而来，简直就是一场十足的大移民。

10月31日上午10点，这个劳工大队在坦帕城的码头下船。小城的人口在一天之内增加了一倍，那种到处人潮涌动、热闹繁忙的景象实在不难想见。事实上，坦帕城从大炮俱乐部的创举上得到非常多的好处，倒不是由于工人为数众多，这些人一上岸就立刻被送往石头岗去了，而是多亏了从世界各个角落逐渐会集到佛罗里达半岛来的好奇人潮。

在最初的几天里，大家忙着卸下船队运来的工具设备、机器、粮食，还有相当多的铁皮房屋，这些活动屋都是用标有编号的分装板材拼装成的。巴比·凯恩也在同一时间，为全长15英里，用来连接坦帕城和石头岗的铁路，插立第一批测量标杆。

我们都知道美国的铁路是在什么条件下修筑成的。轨道经常突如其来地拐一个弯，上下斜坡的坡度太过陡直；也轻忽了栅栏和桥隧工程的重要性，径自翻越丘陵，俯冲河谷。铁路仿佛蒙着眼睛往前跑，从不在乎路线是否正确。这种铁路不昂贵，建造方便，维修容易；只是，火车常出轨而且行驶起来颠上簸下，左蹦右跳。从坦帕城到石头岗这段铁路不过是简单的小工程，不用花大笔的金钱和时间就能建好。

另外，巴比·凯恩是这些受到他号召而赶来的群众心目中的灵魂人物。他把自己的灵感、热情、信心感染给这群大众，激励鼓舞他们。他就像拥有分身术似的，随处现身，身旁总是跟随着那"嗡嗡叫的苍蝇"马斯通。他那讲求实际的头脑愿意想尽办法完成上千件发明。和他在一起，就不会有障碍，不会有半点困难，也从不曾感到拮据窘迫。正如同他是大炮发明家一样，他也是矿工、水泥匠、机械师，总是能回答所有的要求，解决所有的难题。他积极与大炮俱乐部和高尔兹布罕工厂保持联系，唐彼克号日夜点燃煤炉，维持蒸汽压力，在西利斯柏侯停泊场等候他的命令。

11月1日，巴比·凯恩带领一小队工人离开坦帕城，才第二天，一座由机械活动屋组成的城市就在石头岗的周围建立起来。大家沿着城市外围筑一圈栅栏，从这座小城的活动与它蓬勃发展的活力来看，过不了多久，这里就要被视为合众国的大都市了。这里的生活安排得十分有纪律，各项工程也在井然有序之中一一展开。

几次详细进行的探勘已经使大家认识了土地的性质，挖掘工作于是在11月4日开始。当天，巴比·凯恩召集各工坊的主任，对他们说：

"朋友们，你们都知道为什么我要把你们集合在佛罗里达的这个荒野地区来。那是为了要铸造一座内径9英尺、筒壁6英尺厚的大炮，外加一层19.5英尺厚的石头护壁。所以总共必须挖掘一口宽60英尺、深900英尺的井。这项大工程必须在8个月内完成。而你们必须用255天的时间，挖出2,543,400立方英尺的土，以整数来算，等于每天挖10,000立方英尺的土。这对1000名没有束缚、可以自由操作的工人来说，不会有任何困难，但是若在一个相对受限的空间里工作，就比较辛苦了。然而，既然工程要求得完成，就一定会完成，我仰赖你们的勇敢，如同仰赖你们熟练的技术一样。"

上午8点，十字镐在佛罗里达的土地上，挖掘了第一下。从那时候起，这支勇气可嘉的工具就不曾在矿工们的手里闲置过片刻。工人们一天分成四班，轮流交替。

况且，这项工程尽管庞大，却没有超出人类力量的限度，还差得远呢。有多少工程面临了更实际的困难，必须直接克服不同因素，然而也都出色地完成了！只提几个类似的工程，就足以证明。拿"若瑟夫大臣的水井"来说，它是苏丹萨拉丹在开罗附近开凿的，在那个时代，还不存在能使人类力气增加百倍的机器，而这口井居然达到了尼罗河水面以下300英尺的深度！另外，神圣罗马帝国的总督让·德巴特在科布伦茨[1]掘了一口井，深度竟然到达地下600英尺！那么，目前的问题到底是什么呢？不过是把"若瑟夫大臣的水井"的深度增加到3倍，宽度扩大为原来的10倍，而这样宽的井，钻凿起来会更加容易！因此，没有一个工头，没有一个工人，会对工程的成功产生怀疑。

穆尔奇森在巴比·凯恩的同意下，做了一个重要的决定，又使工程的进展更加快速。合约中有一则条款，表示哥伦比亚大炮必须用烧热的铸铁圈箍起来。这是一项过于谨慎却无实际效用的措施，因为大炮显然不需要这些紧缩用的铁环。所以，这个条文就被取消了。

如此一来，就省下了大量的时间，因为工人团队可以使用现今开井时采用的新式挖掘法，在钻凿的同时砌筑井壁。借由这个非常简单的步骤，就用不着再以横向支架撑住泥土，厚实的井壁已具有无法撼动的强度来支撑土墙，并且以它自身的重量慢慢下降。

这个做法只有在十字镐触及土地的坚硬层之后，才可以开始进行。

10月4日时，50名工人在用栅栏围住的区域中心，也就是石

1　位于现今德国的西南部。

头岗高起的部分，掘出了一个宽60英尺的大圆坑。

十字镐先是遇到一层厚度6英寸的黑色沃土，它很轻易就被挖开了。在这层松软沃土底下是2英尺的细沙，这是要用来制作内部铸模的，所以都被细心地取了出来。

细沙之后，出现了相当密实的白色黏土，很像是英国的泥灰岩，黏土层层叠起，厚度有4英尺。

接着，十字镐的铁制尖端碰到泥土的坚硬层，一敲击就迸出火花，这是由石化了的贝壳形成的岩层，非常干燥，也非常结实，所以必须不停地用工具使劲挖掘。到此，坑洞已经有6英尺深。砌井壁的工作可以开始了。

工人在挖掘出的坑洞底部建造一个橡木制的"轮子"，就像是一个圆盘，用螺栓紧紧固定，而且坚硬度禁得起任何考验。在轮子的中心穿了一个直径与哥伦比亚大炮外径相等的圆洞。前几层井壁护墙就是建筑在这个圆盘上，用硬性水泥把一块块石头牢牢凝固在一起。工人从周边往中心砌石块，最后限缩在宽21英尺的井内。

井壁砌好了以后，矿工们重新拿起鹤嘴镐和十字镐，着手挖掘轮子下方的岩石，并且不忘用质地极为坚固的"垫木"[1]逐步支

---

1 类似工匠为方便工作而使用的三脚支架。（原文注）

撑轮盘。每次挖了2英尺的深度，就把这些垫木陆续抽掉，轮盘也就慢慢往下降，而轮盘上已经完成的环形护墙也跟着下降。泥水匠不停地加盖上层的护墙，一面在墙面预留"通气孔"，以便排除浇铸时所产生的热气。

这类工作要求工人有极纯熟的技术，还必须时时刻刻保持专注。在挖掘轮盘下方时，曾经有不止一位工人，被石头碎片击成重伤，甚至丧命。但是，热烈勤奋的情绪就连一分钟也没有歇缓下来，无论白天夜晚。白天就曝晒在阳光下，几个月之后，太阳就将99度[1]的热力抛洒在这片烧灼的平原上；夜晚则是穿梭在透白的电灯光下。十字镐敲打岩石的声音、矿场的轰鸣、机器尖锐的嘎吱声，以及飘散在天空的滚滚浓烟，仿佛沿着石头岗周围画上一环令人惊骇的圆圈。不管是美洲野牛群或是塞米诺尔人的队伍，都不敢跨越环线一步。

然而，工程的进展十分符合规律。蒸汽起重机忙着加速移除挖掘出的沙石，工人几乎没有遇到出乎意料的阻碍，只有早已预知的困难，大家也都巧妙地解决了。

第一个月过去了，井已经挖掘至这段时间规定的深度，亦即112英尺。12月结束时，井深增加了1倍，到了1月底，增加了3

1　相当于40摄氏度。（原文注）

倍。2月期间，工人们得对抗从地壳渗出的一大片地下水。必须使用强有力的帮浦与压缩空气的抽水机来把水抽干，才能用混凝土封住泉水孔，过程就像把船上漏水的裂缝堵住一般。最后，大家终究战胜了这些麻烦的水流。不过，由于泥土松动，轮盘有一部分倾斜，使得护墙上出现部分缺口。这块高达75托瓦兹的圆筒水泥盘，它的下推力有多么可怕是可想而知的！这次意外夺走了许多工人的性命。

大家费了三个星期的时间，用支柱支撑石头护壁，修理护墙的墙基，并且把轮子恢复到最初的坚固状态。幸亏工程师灵巧应变，使用的机器效能强大，一时受损的建筑物，终于再次站稳脚跟，掘井工程才得以继续进行。

从今以后，没有任何新的事故可以阻挠工程的进展。6月10日，在巴比·凯恩规定的限期届满前的20天，井已经达到了900英尺的深度，井壁也全都砌上石头。在井的底部，井壁下方是30英尺厚的实心立方基体，而井壁的上端恰恰与地面齐平。

巴比·凯恩和大炮俱乐部的会员热烈地赞扬穆尔奇森工程师，祝贺他能以无比快捷的速度完成这项浩大工程。

在这8个月期间，巴比·凯恩没有离开石头岗片刻。他一面密切注意掘井工程的进展，一面对工人的生活福利和健康状况关切不已。那些在人口密集的大都会区经常蔓延的传染病，对这个深受热带气候影响的区域来说尤其可怕，能避免这类的灾情，让他感到相当高兴。

的确，有不少工人因为这个危险工程本身固有的疏失而付出性命，但是这些令人惋惜的不幸是无法避免的，对于这些细节，美国人甚少挂心。他们虽然也关怀特别的个人，但更关心普遍的人类。然而，巴比·凯恩信奉的却是完全相反的原则，而且他不放过任何可以实践的机会。因此，幸而有他的细心和智慧，能在艰难情境发生时有效介入，还有他那惊人的、合乎人道的洞察力，这里工地事故的平均发生次数并未超过那些被认为特别重视预防措施的海外国家，其中，法国大约每200,000法郎的工程就会产生一件意外事故。

1200座反射炉以井口为中心点，环绕矗立着，每座炉子有6英尺宽，彼此间相隔半托瓦兹。这1200座反射炉排列起来的长度可达2英里。所有的炉子都依据同样的模型建造，都有四角形的高大烟囱，给人无比奇特的感觉。

第十五章

铸炮欢庆日

在掘井工程进行的这8个月期间，铸大炮的准备工作也同时火速推展。一个来到石头岗的外地人，大概会对呈现在眼前的景象感到惊异万分。

在距离井600码的地方，有1200座反射炉以井口为中心点，环绕矗立着，每座炉子有6英尺宽，彼此间相隔半托瓦兹。这1200座反射炉排列起来的长度可达2英里[1]。所有的炉子都依据同样的模型建造，都有四角形的高大烟囱，给人无比奇特的感觉。马斯通认为这样的建筑布局十分出色，让他联想起华盛顿的巨型纪念碑，对他而言，没有什么比这更美的了，就算希腊建筑也比不

1　大约3600公尺。（原文注）

上，"更何况，"他说，"希腊从来没有过这样的东西。"

我们还记得，在讨论大炮实验的第三次会议里，执行委员决定采用铸铁，特别是灰铁，来铸造哥伦比亚大炮。的确，这种金属的韧性和延展性都比较好，也较柔软，容易削切，适于一切铸模作业，经过煤炭处理后，质量优良，可以用来铸造对冲击具有强大抗力的机具，像是大炮、汽缸、蒸汽机、水压机等。

不过，铸铁若是只受过一次熔炼，鲜少能达到足够均匀的纯度，必须经由第二次熔炼，去除最后的泥质沉淀物，才能加以精炼。

因此，铁矿在运送到坦帕城之前，先在高尔兹布罕工厂的高炉处理了一次，与高温加热的碳和硅接触，已经碳化变成铸铁[1]。经过这第一道程序后，才把金属送往石头岗。可是，这136,000,000磅的铸铁，如果用铁路运送的话，价格太昂贵了，运输费用会是物资价钱的两倍。看来，在纽约租船，把长条状的铸铁送船装运，似乎较为适当，而这至少需要68艘1000吨的船才载得完。5月3日，这支名副其实的船队离开纽约水道，借道大西洋，沿着美国的海岸航行，驶进巴哈马海峡，绕过佛罗里达海角，于当月10日，上行至圣艾斯皮里迪湾，停泊在坦帕城的港

---

1 铸铁还需要经过在搅炼炉里精炼的过程，去除碳和硅，才会变成有延展性的铁。（原文注）

口，一路上没有遭受任何损失。

船只在港口卸下了货物，接着装进开往石头岗的火车车厢，直到6月中旬[1]，这批庞大的金属物资才全数运抵目的地。

我们不难了解，要同时熔化60,000吨的铸铁，1200座熔炉并不算多。每座熔炉可以容纳将近114,000磅的金属，这些炉子是根据铸造罗德曼大炮的熔炉的模型建造的，它们的形状呈梯形，顶部极扁圆。炉膛和烟囱分别位于熔铁炉的两端，所以熔炉内的所有地方都能均匀受热。这些炉子是用耐火砖建成，只有一片烧煤炭的网格架和一个用来放置铸铁条的"炉床"；炉床倾斜成25度角，使得熔化后的金属可以流进承收盆，再由汇集在盆里的1200道沟槽，将液化的金属导向中心井。

掘井和叠砌井壁的工程完成后的隔天，巴比·凯恩就指挥工人着手建造内部模。这项工作要在井中央，随着井的轴心调整，立起一个高900英尺、宽9英尺的圆柱体，其体积恰好是预留给哥伦比亚大炮的炮膛空间。这个圆柱体是用黏土和细沙混合制成的，另外添加了干草和麦秆。内部模和井壁之间的空间将会注入金属熔液，形成6英尺厚的炮筒壁。

为了保持内部模的平衡，必须用铁架巩固着圆柱体，每隔

---

1 此处原文误植为1月，然而根据故事发展，应是指6月。

一段距离就以砌住石头井壁的横梁来固定；在炮筒铸造好之后，这些铁制的横梁就会融入金属液消失不见，所以不会造成任何不方便。

这项作业在7月8日完工，于是决定从隔天开始铸造炮身。

"这个铸炮的大日子，应该好好来庆祝一番。"马斯通对他的朋友巴比·凯恩说。

"一点没错，"巴比·凯恩回答，"不过，这将不会是个公开的欢庆日！"

"怎么，你不打开围栏的门，迎接所有人吗？"

"我正要避免这么做呢，马斯通。铸造哥伦比亚大炮的过程，即使不说是危险，也算相当难操作的，我宁愿关起门来进行。在发射大炮时，假如大家愿意，可以一起庆祝，但是在那之前，不宜公开。"

主席的考虑是对的。铸炮过程可能会发生意料不到的危险，大批参观的人潮反而会妨碍应变措施，必须在作业中保有行动的自由。因此，除了专程前来坦帕城的大炮俱乐部会员代表团之外，任何人也不准进到围栏内。在代表团里，可以看到敏捷有活力的毕勒斯比、汤姆·杭特、布伦斯贝里上校、艾尔费斯顿参谋、摩尔冈将军，以及所有把铸造哥伦比亚大炮当成自己事情的人。马斯通自愿当起向导，他不让他们错过任何细节；他领着这群人到处走，到仓库，到工坊，周旋在机器之间，他强迫他们一座接一座地参观完1200座熔炉。在参观到第1200座炉子时，他们都有点厌烦了。

铸炮的时间是中午12点整。前一天，每座熔炉里，都已经装好了114,000磅的金属条，这些条状铸铁交叉堆叠在一起，使热空气可以在其间自由流通。从早上起，1200柱烟囱就朝天空喷射着源源不绝的火焰，地面也在隐隐颤动着。有多少金属要熔化，就有多少煤要燃烧。因此，68,000吨的煤炭在太阳面前喷出犹如厚重帘幕一般的黑烟。

没多久，熔炉周围就热得让人难以忍受，炉子发出的轰轰吼叫，宛如雷声隆隆；强力鼓风机也不停地吹气，让所有炽热的炉缸里充满氧气。

整个作业要快速执行才能成功。作为信号的炮声一响，每座熔炉就应该让液态铸铁完全流尽。

各方都安排好之后，主管和工人们都在等待指定的时刻，他们的焦急情绪中，夹杂着些许激动。围栏里再也没有什么人，每个铸造工头都站在熔铁排出口旁，自己的工作岗位上。

巴比·凯恩和俱乐部的同事在邻近的一处高地上监督着。他们面前摆着一尊大炮准备好，只要工程师一发信号，就立刻射击。

中午前的几分钟，金属熔液开始一小滴一小滴地流出来，各个承收盆渐渐都满了。待铸铁完全熔化之后，还要让它静置一会儿，熔液中的异物才容易分离出来。

正午12点了。突然一声炮响，一道浅黄褐色的闪光射入天空。1200个熔铁排出口同时打开，这1200条火蛇伸展它们炽热的弯曲身形，朝着中央井爬过去。到了井边，它们猛然冲下900英尺的深度，发出可怕的轰隆声。这景象既壮丽又令人感动。土地在颤抖，波浪般的铁液向天空抛射出滚滚浓烟。同时模子里的水分也都被这股铁浪蒸发，化作难以望穿的蒸汽，经由石头护壁上的通气孔排放出来。人造云雾翻腾盘旋，一层层向空中推展，直升到500托瓦兹的高度。一个在地平线边际外流浪的野人，可能会以为这是佛罗里达的地底正在形成一个新的火山口，然而，这既不是火山爆发，也不是龙卷风，不是狂风暴，不是自然力的搏斗，更不是那些大自然才会产生的可怕异象！都不是！这些火红的蒸汽，这些媲美火山的万丈火焰，这些像地震晃动一样声响惊人的震颤，这些足以和飓风与暴风雨匹敌的怒吼，都是人类独自创造出来的。是人类的手，把这整个金属熔液的大瀑布推入他们亲手挖掘的深渊。

第十六章

哥伦比亚大炮

浇铸工程是不是已经成功了呢？我们仅能做简单臆测。然而，既然模子已经把熔炉里的液态金属全部吸纳了，一切都让人相信结果是成功的。无论如何，应该会有一段很长的时间，无法直接查核真相。

事实上，当初罗德曼参谋铸造他那座160,000磅重的大炮时，降温冷却的过程就必须花上至少半个月的时间。那么，被滚滚蒸汽环绕着、热度强烈得使人无法接近的巨型哥伦比亚大炮，还要回避崇拜者的目光多久呢？这很难估计。

在这段时间里，大炮俱乐部会员的耐心受到严峻的考验。但是，大家没什么能做的，马斯通还差点被自己的忠诚热情给烤焦了。铸造完工后半个月，空中还矗立着巨大的烟柱，在石头岗高地周遭200步的范围内，土地的热度仍会灼烫双脚。

日子流逝，一个星期过了紧接着又是一个星期。没有任何办法能让这个庞大的圆柱体冷却下来，也无法靠近它。唯有等待，大炮俱乐部的会员个个咬紧牙关忍耐。

"今天是8月10日了，"马斯通有一天早上说，"离12月1日已经不到四个月！清除内部模子，测定炮膛口径，给哥伦比亚装填火药，所有这些工作都待完成！我们会来不及的！我们连走近大炮都还不能！难道它就永远冷却不了？这可真是个残忍的骗局！"

大家试着要让这位着急的秘书冷静下来，却都无法办到。巴比·凯恩什么也没说，可是他的沉默里潜藏着隐隐的怒火。眼见自己被一个只有时间能战胜的障碍阻挠了，而且还得听凭时间这个在许多形势下都堪称可怕的敌人的支配，对叱咤战场的军人而言，实在难以忍受。

不过，每天的观察报告证实，土地的状态的确有某些改变。近8月15日的时候，排放出来的蒸汽在强度和浓度上都已经显著减低。几天之后，地面上只喷发出些微的水汽，那是被监禁在石头棺木里的怪物所吐出的最后一口气。慢慢地，土地的战栗缓和了下来，热力圈也缩小了，最焦急的观察员终于能一步步靠近。今天前进2托瓦兹，明天4托瓦兹，到了8月22日，巴比·凯恩、他的同事和工程师终于可以站在那一片与石头岗山顶齐平的铸铁上头了。这里必然是一个极合乎卫生的地方，脚底下还能感觉到温热呢。

"总算是到了！"大炮俱乐部主席满意地长长嘘了一口气，大声说。

后续工作在当天就开始。工人们立刻动手去除内部模子，以便把炮膛空出来。鹤嘴镐、十字镐，所有可以钻凿的工具全都一刻不停地上下挥舞。黏土和沙受到高温的热作用，早已变得坚硬无比，碰触到铸铁壁的那一面还相当灼热，但是，借由机器的帮助，工人们战胜了这种混合物。清除下来的沙土很快地被蒸汽搬运车载走。他们工作如此出色，情绪如此激昂；巴比·凯恩的要求是如此迫切，而他用美元作为论据又是如此具有说服力，所以，内部模子的一切痕迹到了9月3日就统统消失不见了。

接着马上展开削切炮膛的作业，机器毫不拖延地安置好，威力强大的绞刀快速运转，刀刃磨锉着凹凸不平的铸铁表面。几个星期之后，这个巨大管子的内壁已完全符合圆柱体的要求形状，炮膛也被磨得光滑无比。

最后，9月22日，离巴比·凯恩的报告之后还不满一年，工程师就精确地测定了大炮的口径距离，并且利用灵敏的仪器把位置调整到绝对垂直。这座巨型大炮随时准备好运作，现在就等着月球了，而大家都确信，月球是不会失约的。马斯通欣喜若狂，他探头望向900英尺深的长管，整个人险些跌落井底，大家都吓了一跳。要不是可敬的布伦斯贝里上校，伸出那只有幸保存下来的右手臂拉住他，这位大炮俱乐部的秘书早就摔死在哥伦比亚大炮的炮膛深处，成为另一个艾洛斯特拉特[1]了。

大炮已经建造完成，再也不可能有人怀疑这项工程的圆满执行。因此，10月6日，不管尼科尔船长心里怎么想，他仍履行了与巴比·凯恩主席的打赌约定，主席于是在账册的收入栏上，登录了2000美元。可以想见，船长的怒气已达到最后限度，简直像是疾病一样让他苦恼不已。不过，他还有3000美元、4000美元、5000美元的三笔赌注。只要他赢得其中两胜，他这场赌局即使不是绝佳，也算是不坏了。可是金钱并不在他的盘算之内，他的对手铸造了一座10托瓦兹厚的钢板也抵挡不了的大炮，这项成功才真是给了他猛烈的打击。

自9月23日起，石头岗的围栏已对大众敞开，参观者踊跃前来的盛况，自然是不难理解。

的确，无以数计的好奇群众从美国各地赶来，往佛罗里达会集。在大炮俱乐部进行工程的整整这一年内，坦帕城获得了惊人

---

1 艾洛斯特拉特（Érostrate），古希腊的年轻人，为了能名留千史，纵火烧毁当时闻名世界的神庙，之后遭处死，却也成为历史名人。

能够细细欣赏巨大的哥伦比亚大炮，算是相当了不起的事。因此，没有一个充满好奇的人，会不愿意享受进入这个金属深渊拜访一遭的乐趣。几台悬吊在蒸汽绞盘车上的装置正好可以满足参观者的好奇心。于是群众间掀起了一阵狂热。

的扩展，当时的人口数达150,000人。从港边放眼望去，先是看到包围在网状交错巷弄中的布鲁克堡垒，接着，城区沿着分隔圣艾斯皮里迪湾两个停泊场的狭长土地向前延伸，在不久以前还是荒无人烟的沙滩上，崭新的市区、新辟的广场、林立的房屋，都迎着美国的骄阳，纷纷兴建起来。为了建造教堂、学校、私人住宅而创立的公司比比皆是。不到一年的时间，城市的面积就扩增了10倍。

我们知道，美国佬是天生的经商人才，从严寒区域到酷热地带，不管命运把他们扔到什么地方，他们做生意的天性都必然可以有效发挥。这就说明了为什么充满好奇的普通人，他们专程来到佛罗里达观看大炮俱乐部工程，一旦在坦帕城安顿下来，就会顺着局势做起买卖。那些被租来运送物资和工人的船舶给港口带来史无前例的繁荣。不久之后，各种式样、各种吨位的其他船只，装载着粮食、生活必需品、商品货物，在海湾和两个停泊场之间往来穿梭，宽敞的船公司分处和经纪人办公室也在城里设立，《航运报》每天都记载了新抵坦帕港的船只。

正当道路在城的周围增建之际，有关当局考虑到坦帕城的人口和商业的惊人成长，终于修筑了一条铁路来连接这个城市和合众国的南方各州。铁路从莫比尔城通往彭萨科拉这座南部大型海军兵工厂的所在地；接着，再从这个重镇出发，通达塔拉赫西。在那里，已经有一段长21英里的铁路可以与海边的圣马可斯联系。通往坦帕城的铁路，正是由这截铁路延长修建而成的，它沿途经过佛罗里达中央，把那一带的死寂、沉睡的区域一一唤醒，使这些地方充满生机。大炮实验的想法全是有一天，从一个人脑袋里诞生的，多亏了这些实现计划的奇妙工程，坦帕城才能理所当然地摆出大城市的架子。大家给它取了一个绰号叫"月亮城"，而佛罗里达的州府就整个隐没在坦帕城身后，这种像全食一样的景象，在全世界每个角落都感受得到。

现在，每个人都了解得克萨斯和佛罗里达之间的竞争何以会那么激烈，还有当得克萨斯人眼见他们的请求遭到大炮俱乐部的决定驳回时，为何会那么愤怒了。得克萨斯人有着能预见未来的洞察力，他们早就明白一个地区能从巴比·凯恩进行的实验里获得什么好处，以及这样的大炮发射所伴随而来的利益。得克萨斯丧失了建造一座宽广商业中心和多条铁路的机会，也没能迅速增加人口。所有的好处都转落到这个卑微的佛罗里达半岛上，这里不过是一块像栈桥一样，被扔在海湾和大西洋浪涛之间的土地。因此，巴比·凯恩和墨西哥将军圣塔·安那一样，都受到得克萨斯人的憎恨。

然而，坦帕城的新居民虽然投身于商业和工业发展的狂热之中，却绝不会忘记大炮俱乐部那些有趣的工程；恰恰相反，就连计划里最微小的细节，十字镐的一记敲击，都能引发他们的热情关注。大批群众在坦帕城和石头岗之间不停地来来往往，仿佛游行的队伍，更好的说法是，就像朝圣的行列。

已经可以预料，发射实验进行的那天，会集而来的参观人数将得用好几百万人来计算了，因为他们早已从地球的各个角落陆续前来，聚集在这块狭窄的半岛上了。这简直就像是整个欧洲迁徙到美洲来。

不过，必须说，直到当时为止，这些数不清的抵达群众，他们的好奇心并未得到适当的满足。不少期望看到铸造景象的人，却仅瞧见几缕烟雾。对饥渴的眼睛来说，这实在算不了什么。但是，巴比·凯恩不允许任何人参观这项作业。于是，不满的声浪四起，大家都在低声抱怨，他们责备主席，认为他专制独断，声称他的做法不是"美国风格"。石头岗的栅栏周围几乎快发生一场动乱了。而我们知道，巴比·凯恩坚定决绝，毫不动摇。

可是，当哥伦比亚大炮竣工之时，就不可能禁止参观了。况且，实在没道理继续关着门，更严重地说，若引起大众的不满，反而不明智。于是，巴比·凯恩终于打开围栏，欢迎所有的访客。不过，一切讲求实际的他，决心利用公众的好奇心来筹款。

能够细细欣赏巨大的哥伦比亚大炮，算是相当不得了的事，但是，下去大炮的深处参观，对美国人来说，似乎可以说是世界上顶级的幸福了。因此，没有一个充满好奇的人，会不愿意享受进入这个金属深渊拜访一遭的乐趣。几台悬吊在蒸汽绞盘车上的装置正可以满足参观者的好奇心。于是群众间掀起了一阵狂热。妇女、小孩、老人，无一不把深入炮膛底部，彻底了解巨炮的秘密当成自己的义务。下降观光的价格是每人5美元，尽管价钱高，在正式实验前的那两个月里，蜂拥而至的参观人潮仍然使得大炮俱乐部赚了近500,000美元。

不用说，第一批参观哥伦比亚大炮的访客是大炮俱乐部会员，将优先待遇保留给这个声誉卓越的团体，是极为合理的。这个隆重的仪式在9月25日举行。一台贵宾包厢载着巴比·凯恩主席、马斯通、艾尔费斯顿参谋、摩尔冈将军、布伦斯贝里上校、穆尔奇森工程师，以及俱乐部里的其他杰出会员往下降，总共十多个人。这长长金属管的底部仍然相当热，他们都热得有点喘不过气来！可是多么高兴，多么令人陶醉的喜悦啊！在哥伦比亚大炮的基石上，早已立了一张摆有10副餐具的桌子。电灯光束把炮筒底部照得亮如白昼。一道道精致的菜肴，仿佛从天而降，接续端到宾客面前，最好的法国酒在地下900英尺举办的这场盛宴里大量供应。

筵席的气氛非常热络，甚至可以说是十分喧闹，举杯祝酒声此起彼伏，大家为地球干杯，为它的卫星、为大炮俱乐部、为合众国、为月球、为芙蓓女神、为黛安娜女神、为塞勒涅月神、为这颗黑夜的星体、为"安静的天空使者"干杯！所有乌拉声，透过这根巨大音管的声波传递，变得犹如雷鸣一般，送抵炮筒的另一端，围绕在石头岗四周的群众，他们的心绪和呼喊声也随着藏在巨型哥伦比亚大炮深处的宾客们一起激荡。

马斯通再也克制不了自己，究竟是他的喊叫多于手势，还是他喝下肚的酒多过吃进的食物，这一点很难断定。无论如何，就算拿一座帝国做交换，他也不愿意让出自己的位子。"不行，就算是大炮填了火药，装好雷管，即刻发射，把我炸成碎片送上星际也不行。"

第十七章

一封电报

由大炮俱乐部着手进行的伟大工程，可以说已经结束了，然而，在向月球发射炮弹的那一天来临之前，还得度过两个月的时间。对众人迫不及待的心情而言，两个月听起来简直就像两年一样漫长！截至完工时，即便是工程里最微小的细节，各家报社也会每日刊载，而人们则会用贪婪的目光与热情大肆阅读这些报道。可是，从今以后，这一笔分发给大众的"趣味红利"恐怕要大幅减少了，人人都因为不能再领取他们每日的"感动份额"而惊恐不已。

然而，事情发展并非如此。最料想不到、最不寻常、最难以置信、最不像真实的小事，再度把气喘吁吁的群众引入狂热之中，使全世界强烈地翻腾起来。9月30日那天下午3点47分，经由埋在爱尔兰的瓦伦西亚岛、纽芬兰岛与美国海岸之间的电缆，转传来的一封电报，送达了巴比·凯恩主席的住处。

巴比·凯恩主席撕开信封，读起电报，虽然他的自制力很强，但是，在阅读这几十个字的电报时，他的嘴唇变得苍白，双眼也模糊了。

这封电报目前存放在大炮俱乐部的档案室，电报内容如下：

美国，佛罗里达，坦帕，巴比·凯恩

请以锥形圆柱发射体代替圆形炮弹。我将乘坐其中出发。现正搭亚特兰大号轮船赴美。

米歇尔·阿尔当

法国，巴黎，9月30日，上午4点

第十八章

亚特兰大号上的乘客

假如这封犹如闪电一样令人震骇的消息，不是从电线上飞来，而是装在盖封印的信封里，简单地通过邮局送来，假如法国、爱尔兰、纽芬兰、美国的电报局职员并不需要知道电报内容的话，巴比·凯恩就一刻也不会犹豫了。为了谨慎起见，也为了不让自己的计划丧失信誉，他一个字也不会透露。这封电报，特别是由一个法国人发出的，很可能隐藏着一场故弄玄虚的骗局。随便一个人怎么可能如此大胆，想出这样的旅行呢？假设这个人果真存在，比起把他关在炮弹里，不是更应该关在疯人院里吗？

可是，世人已经知道有这封电报了，因为传送电报的装置本质上就无法保守秘密，米歇尔·阿尔当的提议一定早就传遍了合众国的大小各州，因此，巴比·凯恩没有理由再保持沉默。他于是召集留在坦帕城的同事们，他没有说明自己的想法，没有讨论这封电报是否值得采信，只是冷淡地将简短的电报原文读了一遍。

"不可能！——这不会是真的！——纯粹是玩笑话！——这是在嘲弄我们！——可笑！——荒谬！"所有一连串用来表达疑虑、怀疑、愚蠢、疯狂的词句，在几分钟里统统脱口而出，还伴随着在这种情况下常用的手势。每个人依性情不同，或微笑，或发笑，有的耸耸肩膀，有的哈哈大笑。只有马斯通说了一句好话。

"这个主意倒是不坏！"他高声说。

"是不坏，"参谋回答，"不过，只要不打算执行的话，偶尔有这样的主意倒也无妨。"

"为什么不能执行呢？"这位大炮俱乐部秘书迅速地反问道，一副准备好要和人争辩的样子。但是，大家都不鼓励他多说。

这个时候，米歇尔·阿尔当的名字已经在坦帕城里散布开了。外乡人和本地人相互对看，彼此你问我、我问你地打趣着。不过，他们取笑的对象不是那个欧洲人，那只是一个虚构人物，幻想出来的家伙，他们取笑的是马斯通，大家笑他居然会相信这个传说人物真的存在。当巴比·凯恩提议发射一颗炮弹到月球时，人人觉得这个实验理所当然，实际可行，这纯粹是弹道学的问题！可是，一个有理智的人提出乘坐炮弹，尝试这趟看似无法实现的旅行，就是一个荒诞的建议，一则玩笑，一出闹剧，用法国人可以在通俗法语里找到准确翻译的词来说，这是一场"骗人的把戏"[1]。

对马斯通的嘲笑没有间断，一直持续到晚上，可以肯定，整个合众国都在同声狂笑，这种情况，在任何不可能实现的事业通常都能轻易找到鼓吹者、信徒，与拥护者的这么一个国家里，并不常见。

然而，米歇尔·阿尔当的提议，就像所有的新想法一样，总是会让某些才智之士感到忧心，它扰乱了惯有的情绪发展路径。"我们没有想到这一点！"这样的小事故，正是因为它本身的奇特性，很快就变成挥之不去的念头，大家都想着它。有多少事情，在前一天还被否定，第二天就变成事实！为什么这个旅行不会在将来的某一天实现呢？但是，不管怎样，愿意冒这个险的人必定是个疯子，而且，事情明确得很，既然他的计划不可能被认真看待，那么，与其拿这些荒诞不经的妄想搅乱大家的心思，还不如闭口不提。

可是，首先，世上真有这个人吗？这是个重要的问题！"米歇尔·阿尔当"这个名字在美国倒是不陌生。冠上此名的是个欧洲人，大家经常提及他的大胆事迹。其次，越过大西洋海底传来的

---

1 英文humbug意指欺骗、蒙蔽。（原文注）

这封电报、法国人提及要搭乘的这艘轮船的名称，以及他近期抵达的确定时间，所有这些情况都给了这项提议某种确有其事的可能性，必须把事情弄清楚。所以没多久，单独的个人集合成了一个个的小团体，接着，在好奇心的驱使下，就像原子受到分子的引力而凝聚，小团体纷纷集结在一起，最后形成了密密麻麻的人群，拥向巴比·凯恩主席的住处。

巴比·凯恩自从收到电报以来，没有提出过自己的意见。他让马斯通发表看法，既不表示赞同，也不予以斥责，他保持缄默，打算等着看事情的发展。可是，他忽略了群众是没耐心的，所以，他的眼光快快不乐，望着聚集在他窗户下的坦帕群众。他们低语埋怨，大声叫骂，很快就逼得他不得不现身。看得出来，他有知名人士该担当的义务，因此也有知名人士会遭遇的烦恼。

巴比·凯恩露面了，当下随即一片安静，有一位公民开口发言，单刀直入地提了以下的问题："电报里那个名叫米歇尔·阿尔当的人是不是已经动身前来美国了？"

"各位先生，"巴比·凯恩说，"我知道得不比你们多。"

"应该要弄清楚。"

"时间会告诉我们真相。"主席冷冷地回答。

"时间没有权利让整个国家处在悬宕和焦虑中，"那位演说者又发言，"你已经按照电报上的要求修改炮弹的设计图了吗？"

"还没有，先生们。不过，你说得有理，应该要把事情弄清楚，大家的激动情绪是由电报局引起的，它会愿意提供更充足的数据的。"

"到电报局去！到电报局去！"群众高喊。

巴比·凯恩走下楼，领着庞大的人群，朝行政办公处走去。

几分钟过后，办公处发出一份电报给利物浦船舶经纪人公会的理事，要求他就以下的问题提出答案：

"亚特兰大号是什么样的一艘船？它何时离开欧洲的？船上是否有一个名叫米歇尔·阿尔当的法国人？"

两小时之后，巴比·凯恩收到令人无法怀疑的精确消息。

"利物浦的亚特兰大号轮船已于10月2日出海，往坦帕城航行，船上有一名法国人，依据旅客登记簿上记载，他的名字是米歇尔·阿尔当。"

接到第一封电报的证实后，主席的眼睛霎时闪过一道光芒，他的拳头紧握，只听见他喃喃低语："那么，这是真的！所以这是可能的！真有这个法国人！半个月后他就会在这里！可这是个疯子！一个脑袋狂热的家伙……我绝不会同意……"

然而，当天晚上，他写信到布莱德威尔公司，请他们在未收到新指示之前，暂时停止铸造炮弹。

现在，要叙述全美国的激动情绪，叙述民众之间的强烈回响，是如何比听完巴比·凯恩报告时的高昂反应还要超越10倍；要叙述合众国各家报纸上的言论，他们接受这个消息的态度，以及他们以什么样的方式歌颂这位古大陆英雄的到来；要描绘每个人一小时、一分一秒地细数时间，所经历的焦躁、兴奋、不安；要使人能够概括了解，甚或只是给个模糊的概念，去了解同一思想如何掌控着所有脑袋，而且如何令人疲乏地终日萦绕；要呈现各种不同的工作如何对同一件事情让步的景况，工程停止，买卖中断，准备启航的船只仍旧定锚在港口，全为了不错过迎接亚特兰大号的机会，一队又一队的商船来时满载乘客，回程空荡荡，蒸汽船、邮轮、游艇，以及各种大小不同的快艇在圣艾斯皮里迪湾里川流不息；要计算这些成千上万的好奇群众，他们使坦帕城人口在半个月内增加为原来的四倍，许多人因此不得不像作战的军队一样，搭起帐篷野营。总而言之，要做出以上这种种叙述、描绘、解释、估算，实在是一件远超乎人类力量之上的工作，只有大胆莽撞的人才可能会去做。

10月20日上午9点，巴哈马海峡的信号台指出远方天际有一柱浓烟。两小时之后，一艘大蒸汽轮与信号台交换了相互确认的信号，亚特兰大号这个名称立即传送到坦帕城。下午4点，这艘英国轮船驶进圣艾斯皮里迪湾的停泊场。下午5点，它加足马力，全速穿越西利斯柏侯停泊场的水道。下午6点时，在坦帕港抛下锚。

船锚还没有钩住沙石海底，已经有500艘围绕着亚特兰大号的小船，对这艘蒸汽轮船展开猛烈攻势。巴比·凯恩第一个跨过舷墙，用无法克制的激动声音喊道："米歇尔·阿尔当！"

　　"在！"一个人从艉楼上回答。

　　巴比·凯恩双臂交叉，闭着嘴，带着询问的眼神注视这位亚特兰大号上的乘客。

　　此人42岁，个子高，但是就像肩上背负着阳台的女像柱一样，已经有些驼背了。他那十足雄狮模样的大脑袋，不时摇晃着一头宛如狮鬃般的火红色头发。脸孔短，鬓角宽阔，唇上镶着像猫须一样往上翘起的小胡子，双颊长满一小撮一小撮的黄毛，一对圆圆的近视眼，目光有些迷蒙，这些脸部特征搭配在一起，使他的相貌更是像极了猫科动物。但是，他的鼻子线条果敢，嘴形特别富有人情味，高高的，聪颖的额头满布皱纹，仿佛一块从不会任其荒芜的田地。最后，他那发育健壮的上半身，垂直挺立在两条长腿上，肌肉结实的双臂是接合良好的强力杠杆，举止坚定，这一切都让这位欧洲人看上去就是个身材健壮、朝气蓬勃的男子汉，借用冶金术的词语来说，他"不是金属熔化浇铸成的，而是千锤百炼锻造出来的"。

拉法泰尔或葛拉迪欧雷[1]的门徒肯定能从这个人的颅骨和容貌上，辨识出无可置疑的斗志记号，也就是能在危险中保持勇气，致力粉碎困难的意向；此外，还能看出仁慈亲切与向往神奇卓越的记号，这种本能会使人拥有某些特殊气质，热爱超出常人的非凡事物；但是，另外，利益追求的标记，代表对占有和获取的需求——隆骨，他完全缺乏这项特征。

　　为了完成对这位亚特兰大号乘客身体外貌的描述，我们还应该指出他的衣服宽大，袖笼广，穿脱容易，他的长裤和外套都用了许多额外的织布来加宽，连米歇尔·阿尔当本人也给自己取了一个绰号叫"衣料杀手"。他的领带打得很松，随意敞开的衬衫领口下露出强健的脖子；从总是不扣的袖口伸出来的，是一双烦躁不安的双手。感觉得到，即使在最寒冷的冬天，面对最艰难的危险，这个人也从来不觉得冷，就连眼睛里也找不到一丝寒意[2]。

　　另外，他在轮船甲板上和人群中，走来走去，从不曾停留原地，正如水手们所说的，他是"船走锚了"[3]，他指手画脚，对任何

1　拉法泰尔（Johann Kaspar Lavater，1741—1801），19世纪瑞士神学家和德文作家，因相面术的著作而闻名于世。葛拉迪欧雷（Louis Pierre Gratiolet，1815—1865）19世纪法国解剖学家与人类学家，也专精相面术。
2　法文的词组"眼睛不觉得冷"，用来形容人果断，胆子大。
3　停泊的船只因为风浪、水流等外力作用，导致船锚未能抓牢水底，船只于是拖着锚四处漂动。

人都只用"你"来称呼，贪婪又带神经质地啃咬自己的手指甲。他是造物者心血来潮时创造出来，却又随即把模子打碎的那种怪人的其中一位。

的确，米歇尔·阿尔当的精神人格，为分析家提供了多样化的观察场域。他是个让大家惊奇的人物，始终活在夸张的状态中，但还不到最高级形容词的阶段之上。物体显现在他的视网膜上，总有超乎寻常的大体积，由此联结到了伟大的观念；他把所有事都看得伟大，唯独困难和人类除外。

再者，这个人感情洋溢，是天生的艺术家，有才智的单身汉，他不会犹如步枪扫射似的说出一连串机智妙语，反倒比较像是狙击手，一枪击中要害。在讨论问题时，他鲜少在乎逻辑，反对形式上的推论，不喜欢使用三段论法，他有着自己的一套辩论诀窍。他也是个十足的争辩能手，善于拿对方的言论，朝着对方当胸掷去，往往稳中标的；他喜欢使出嘴喙和脚爪的本领替毫无希望的诉讼案辩护。

在多种癖好中，他跟莎士比亚一样，都声称自己是"天底下最无知的人"，他总是看不起科学家。"这些人，"他说，"只不过是懂得在我们玩牌时记下点数罢了。"总之，他是在充满着高峰与惊奇的国度里的一名流浪汉；充满冒险精神，却不是四处寻找险滩的海盗；不是胆大妄为的冒失鬼，不是那位驾着太阳马车全速飞奔的费顿[1]，也不是带有替换翅膀的伊卡洛斯[2]。此外，他凡事挺身而出，慷慨大方，全力以赴，总是昂首无畏地投身于疯狂事业中，其破釜沉舟的决心胜过亚加托克雷[3]，随时准备好要做一切牺牲，结果也总能在摔下时双脚安然落地，逃过难关，就像孩子们爱玩的接骨木小木偶一般。

他的座右铭可以用如下五个字来表示："坚持做自己！"他对不可能的事物的爱好，正可以用蒲柏[4]的一个美妙词语来形容，那是他的"首要热情"。

但是，这个矫健、大胆又爱冒险的男子，有多少缺点是伴随着他的优点而来的呀！俗语说"不冒险就什么也得不到"。阿尔当经常冒险，却并没有因此累积较多的财富。他是一个爱挥霍钱财的人，就像是达娜伊特的无底酒桶[5]。再说，他为人完全没有私

1　费顿（Phaéton），希腊神话中的太阳神之子。为了向同伴炫耀自己的身世，于是驾着父亲的太阳马车外出，却因不熟悉马性，酿成天地大火，后被宙斯以闪电击毙。

2　伊卡洛斯（Icare），希腊神话中著名建筑师代达洛斯（Daedalus）的儿子，父子俩用蜜蜡粘上羽毛制成翅膀，企图飞离克里特岛的监狱，途中伊卡洛斯飞得太高，双翼被太阳融化，落入海中丧生。

3　亚加托克雷（Agatholès），古希腊时代西西里岛著名的君王，在某次战争中，为了避免其带领的士兵逃跑，命令手下将所有的船舰烧毁，表示战斗的决心。

4　蒲柏（Alexander Pope，1688—1744），18世纪英国诗人，根据牛津引文词典记载，在最常被引用的作家中，他排名第二位，仅次于莎士比亚。

5　达娜伊特（Danaïdes）是埃及王达那俄的一群女儿的总称。她们在新婚夜杀死了自己的丈夫，因而遭到天神处罚，强迫她们不停地把水倒进一个永远也盛不满的酒桶中。

心，他经常有一时兴起的热情，也经常因一时冲动而行动，乐于助人；有骑士风度，就算是对他最残酷的敌人，他也不会无故签下对方的"绞死同意凭单"；为了赎一个黑人，他可以卖身为奴。

在法国，在欧洲，人人都认识这个爱喧闹的杰出人物。那个让荷诺美女神[1]发出一百个声音，直到嗓子嘶哑都不停谈论的人，不正是他吗？那个生活在玻璃屋里，把全世界的人当成密友，倾吐出最隐蔽的秘密的人，不也是他吗？但也因此，他拥有数量惊人的仇敌，其中一些是他撑开手肘想从人群里挤出通路时，或多或少碰撞、伤害，不留情地推倒的人。

不过，一般来说，人们是喜欢他的，把他当作一个被宠坏的孩子。用通俗的词语来说，就是"要不就是朋友，要不就是敌人"那一类型的人，而大家都选择和他做朋友。每个人都关心他那些大胆的事业，都带着担忧的眼神追随他的一举一动。大家知道他是多么大胆，多么不知谨慎！当某位朋友预先告诉他即将发生灾难，想要拦阻他时，他总是露出讨人喜欢的微笑，回答："只有树木着火了，森林才会燃烧起来。"他不知道自己引用的是阿拉伯谚语中最美丽的一则。

这位亚特兰大号上的乘客就是这样的一个人，他始终十分

1　荷诺美（Renommée）是希腊神话中掌管传闻和谣言的女神。据说她身上长有无数的眼睛和嘴巴，让她可以看见、听见凡人的秘密，并加以传播。

躁动，仿佛内在有一把火在驱动着，让他终日热血沸腾，始终情绪激动。这并不是因为他来美国要做的那件事情（他连想都没去想），而是因为他本身十分燥热的身心结构。假若有哪两个人能提供鲜明的对比，那应该就是法国人米歇尔·阿尔当和美国佬巴比·凯恩了，然而，这两位都同样勇于冒险、大胆果敢，只不过表现方式各自不同。

大炮俱乐部的主席出神地凝望着这个使自己退居次要地位的竞争对手，但是他的沉思很快就被群众的乌拉声和喝彩声打断。人群的欢呼是那般疯狂，他们对米歇尔·阿尔当的个人仰慕是如此热烈，使得这个法国人和成千人握手时，差点抽不回他的10个手指头，最后他不得不躲进舱房里避难。

巴比·凯恩跟随在他身后，一句话也没说。

"你是巴比·凯恩？"米歇尔·阿尔当在只剩下他们两人时，立即问道，他的口气好像和一个20年的老朋友说话似的。

"是。"大炮俱乐部的主席回答。

"啊！你好，巴比·凯恩。你过得可好？很好吗？太棒了！太棒了！"

"所以，"巴比·凯恩单刀直入地说，"你是决定要出发了？"

"完全决定了。"

"什么事都不会让你改变主意了吗？"

"什么事都不能。你是不是已经按照我电报上的要求，修改炮弹的形状了？"

"我正在等你到达。可是，"巴比·凯恩执意又问了一遍，"你已经考虑清楚了吗？"

"考虑？我还有时间可以浪费吗？我找到去月球走一遭的机会，就抓住机会，如此而已。我觉得这件事不需要太多考虑。"

这个人谈起他的旅行计划，态度相当轻率，那样毫不在意，完全无忧无虑，让巴比·凯恩不由得猛盯着他看。

"可是，"他说，"你至少有一个计划和一些执行的方法吧？"

"我有的是绝妙方法，亲爱的巴比·凯恩。不过，请容我提出我的看法：我希望把我的事对所有人讲一遍就好，一次就解决。免得重复一说再说。所以，除非你有更好的主意，不然，请你召集你的朋友们、同事们、全城的人、整个佛罗里达的人，假如你愿意的话，召集全美国的人来，我准备在明天向大家阐述我实行计划的方法，同时回答一切反对意见。请放心，我会坚守立场，毫无畏惧地等着大家。你看怎么样？"

"正合我意。"巴比·凯恩回答。

谈到此，主席走出舱房，把米歇尔·阿尔当的提议告诉群众。听过他的话，大家都高兴得又是跺脚，又是欢呼。这样一来，所有的困难一下子都解决了，明天人人都可以尽情地欣赏这位欧洲英雄。不过，有几个最固执的观众还是不愿意离开亚特兰大号的甲板，他们在船上待了一夜。马斯通就是其中一人，他把他的铁钩手紧紧扣在艉楼的栏杆上，若不用绞盘就无法把他带走。

"这是个英雄，一个英雄啊！"他用各种口气不停地说了又说，"和这个欧洲人比起来，我们都不过是软弱的女人！"

至于主席，他敦促来访人群下船之后，又走进那位乘客的舱房，一直到船上的钟敲响午夜一刻才离开。

不过，当两位人气劲敌彼此热情地握着手时，米歇尔·阿尔当也毫不拘束地用"你"来称呼巴比·凯恩主席了。

第十九章

大集会

第二天，对没耐心的公众而言，白昼的星体起身得太迟了，大家都觉得这个必须负责照亮这样一个节庆的太阳，实在是太懒惰了。巴比·凯恩担心群众会向米歇尔·阿尔当提出过于冒失的问题，原本想限制听众的人数，只允许一小群同一学派的人参加，比方说，他的俱乐部同事们。可是，这就像尝试筑一道堤坝拦阻尼亚加拉河[1]一样，是完全无效的。因此，他只得放弃本来的计划，让他的新朋友在公共会议上碰碰运气。坦帕城交易所新盖的大厅，尽管场地极广阔，但是要举办这样一个庄严的大会，仍嫌不足，因为预定的聚会有着真正群众大集

---

1 尼亚加拉河（Le Niagara），美国和加拿大的交界河，水量丰沛，下游处形成举世闻名的尼亚加拉大瀑布（les Chutes du Niagara）。

会的规模。

大会的地点于是选在位于城外的一片宽广空地上。人们才花了几小时，就把会场上的阳光遮了起来。港口的船只拥有不少船帆、索具、桅杆、备用船具、桁柱，提供了搭建巨型帐篷的必要配备。没多久，一张巨大的帆布铺展在被阳光烤焦的草原上，挡住了白天的炎热。30万人在这里找到座位，他们不顾令人窒息的高温，一连几小时等待着法国人的到来。这群观众的前1/3可以看见和听见演讲人，接下来的1/3，看得就不那么清楚，而且完全听不到声音，最后的1/3，既看不到，也听不见，然而他们并不因此吝惜给予热切的掌声。

下午3点时，米歇尔·阿尔当就在大炮俱乐部几个主要会员的陪同下出现在会场。他右臂挽着巴比·凯恩主席，左臂搭着马斯通，显得比正午的日光还要光彩照人，他的那张脸几乎就和太阳一样火红。阿尔当站上讲台，他的目光从这个高度推向眼前这片布满黑色礼帽的人海。他看起来一点也不窘迫，没有装腔作势，他站在台上，就像在自己家里一样，快活、随意、讨人喜爱。面对迎接他的乌拉声，他优雅地回礼致意，接着，就以手势要求大家安静，他用英语发言，而且表达得极为正确。他开始说道：

"诸位先生，天气非常热，我要耽搁大家一些时间，对这个你们也许感兴趣的计划做几项说明。我既不是演说家，也不是科学家，我并没有对公众公开讲话的打算，但是我的朋友巴比·凯恩对我说，这样做可以使你们高兴，我就愿意竭尽所能来做。那么，请张开你们60万只耳朵听我说，也敬请原谅发言者语言上的错误。"

这样不做作的开场白受到在场所有人士的热烈欢迎，一片广泛的满意低语声正表示出他们内心的欢喜。

"先生们，"他又说，"不管赞成或不赞成的意见都欢迎提出，我一概不限制，就和大家这么约定。现在我开始来谈我的旅行计划。首先，请大家不要忘记，和你们讲话的人是一个无知者，而他是如此无知，以至于他甚至不晓得什么是困难。所以，在他看来，乘坐炮弹出发到月球是一件稀松平常、自然而容易的事。这趟旅行迟早都会实现，至于要采用何种运输方式，只须依照进步的规律就行了。人类最初用四只爪子开始旅行，然后，有一天，用两只脚；接着，驾二轮马车、四轮马车、有篷马车、大型驿车，随后是火车。好吧！像炮弹一般的发射体，正是未来的车子。说真的，行星也不过就是这类的发射体，是造物者用手抛掷出来的普通炮弹。但是，让我们回头再来谈谈我们的交通工具。各位先生，你们之中有一些人可能会认为，炮弹所承受的速度太快了。没有这回事，所有星体的速度都胜过它。地球本身，带着我们环绕太阳公转时的速度是炮弹的三倍。这里还有几个例子。不过，我请求你们允许我以法里来计算，因为我对美国的度量衡不太熟悉，恐怕会混淆了。"

这个要求似乎很容易理解，没有遭遇任何困难，听众就接受了。演说者继续他的讲词：

"先生们，以下是不同行星的运转速度。我不得不承认，我虽然无知，对这个天文学上的细节却知道得非常清楚，不过，用不着两分钟，你们就会和我一样有学问了。现在，请大家听听，海王星的速度是每小时5000法里；天王星，7000法里；土星，8848法里；木星，11,675法里；火星22,010法里；地球，27,500法里；金星，32,190法里；水星，52,520法里；某些彗星在它们的近日点时，速度可达1,400,000法里！而我们，十足爱闲荡的人类，一群不慌不忙的人，我们制造出来的速度不超过9900法里，而且还会越来越少呢！请问大家，这上头是否有令人着迷之处？显然，将来有一天它仍会被更大的速度所超越，而这个速度的原动力很可能是光能或者电能，这一切不是很明显吗？"

看来，没有人会对米歇尔·阿尔当的这番充满肯定的言论提出质疑。

"亲爱的听众，"他接着说，"依照某些目光如豆的人的说法，这个形容词正适合这些人，人类将被禁锢在不能跨越的波琵里乌[1]之圈里，被迫在这个星球上默默生活，永远无法投入行星间的宇宙！这绝非实情！我们将会到月球上去，到行星上去，到恒星上去，就如同我们今日从利物浦去纽约一样，方便、快捷、安全。我们很快就能穿越大气层这片汪洋，还有月球上的海洋！距离不过是一个相对的名词，最后终将会归零。"

与会的听众，尽管在情绪上深受这位法国英雄所感动，但是面对他这篇大胆的理论，仍有些惊讶和困惑。米歇尔·阿尔当似乎看出了这一点。

"正直的主人们，"他带着和蔼的微笑又说，"你们好像不怎么信服，好！我们来推究一下。你们可知道一列特快火车到达月球要花多长时间吗？300天，不会再多。一趟86,410法里的行程，算得了什么呢？甚至还不到绕地球9圈的里数，任何一个船员，任何一位活跃的旅行家，在一生中都走过比这更多的路程。因此，请想想看，我只要在路上度过97小时就能到月球。啊！你们认为月球离地球很遥远，必须再三考虑才能开始从事冒险！但

---

1 波琵里乌（Caius Popillius Laenas）是古罗马的议员兼外交家。他为了解决冲突，曾手执木棍在地上画一个圈围住叙利亚国王，并警告对方除非明确答复罗马人民的要求，否则禁止越过界线。

是，如果是要前往距离太阳1,147,000,000法里远的海王星，你们又会怎么说呢？假设每公里只要价5苏[1]，能够进行这趟旅行的人，也是少之又少呀！罗斯柴尔德男爵[2]就是用他的10亿苏家产，也付不起旅行的票价，缺少了那147,000,000苏的尾款，就只好让他停留在半路上了！"

在场群众似乎很喜爱这样的推论方式。何况，米歇尔·阿尔当一心专注思考自己的题目，正活力充沛、奋不顾身地投入论述当中，他感觉大家正贪婪地听他演讲，于是便带着令众人激赏的自信继续说下去：

"很好！朋友们，如果我们拿海王星到太阳的距离，与恒星之间的距离相比，那就更微不足道了。实际上，要估计这些恒星间相距多少，必须进入一个让人目眩神迷的计数领域，其中最小的数目有9位数，而且是以亿作为计算单位。请大家原谅我对这个问题谈得如此精细，不过，它也确实是非常引人入胜的。请听我说过后，再做判断！半人马座距离太阳80,000亿法里，织女星500,000亿法里，天狼星500,000亿法里，大角星520,000亿法里，北极星1,170,000亿法里，山羊座1,700,000亿法里，还有其他恒星距离几千法里、几百万法里、几亿个亿法里！而我们却在谈论行

1　法国旧时的辅币名称，1苏相当于1/20法郎。

2　罗斯柴尔德家族是19世纪世界上最富有的家族。

星和太阳间的距离！而且还确信这个距离是存在的！错误啊！虚假啊！感觉上的谬误啊！你们知道我对这个太阳系，这个开始于一颗耀眼的恒星，止于海王星的太阳系有什么看法吗？你们愿意了解我的主张吗？这个理论相当简单！对我而言，太阳系是一个均质的固体，组成这个星系的几个行星相互挤压、碰触、粘贴在一起，行星之间的空间大小也只不过是和质地最密实的金属，就像银或铁、金或铂的分子间的距离一样！因此，我有权利断定，而且我要以让所有人深刻信服的认真态度重复说：距离是一个空洞的字眼，距离不存在！"

"说得好！真是妙啊！乌拉！"大会的全体听众受到演说者的姿态、腔调以及他想法中的大胆特质所激励，都异口同声地叫喊起来。

"对！距离不存在！"马斯通比其他人更用力地高声疾呼。

由于动作猛烈，难以控制身体往前冲的力道，米歇尔·阿尔当差点从讲台的高处跌到地上。不过，他还是重新取得平衡，避免摔跤，否则这突如其来的一摔，可能就要粗暴地向他证明，距离不是一个空洞的字眼了。随后，这位激奋人心的演说者继续他的论述。

"朋友们，"米歇尔·阿尔当说，"我想这个问题现在已经解决了。假如我没有说服所有人，那是因为我的引证不够大胆，提出的论据不够强，这必须归咎于我在理论研究上的不足。无论如何，我要再向你们重复，地球到它的卫星之间的距离实在微不足道，不值得一个思想严肃的人去过度关注。如果我说不久的将来，将会建造出炮弹列车，载我们方便地到月球上旅行，我相信也不会言过其实。这样的火车既没有碰撞，不会摇晃，也不必担心出轨，旅客不感觉疲劳，就一路快速直达目的地，以你们猎人的用语来说，就是'像蜜蜂飞行似的'笔直不绕路。不到20年，地球上就会有一半的人已经造访过月球了！"

"乌拉！为米歇尔·阿尔当欢呼！"在场的群众呼喊，就连那些不怎么信服他的人也跟着大叫。

"为巴比·凯恩欢呼！"演说者谦虚地回答。

这一句向实验发起人表达感激的话，受到众人一致的掌声欢迎。

"现在，朋友们，"米歇尔·阿尔当接着说，"假如你们有问题要对我提出，显而易见，你们会把我这样一个可怜人困住，不过，我还是会尽力回答你们。"

直到目前为止，大炮俱乐部的主席应当对这场大会的讨论走向感到十分满意。当中提到的都是纯理论，米歇尔·阿尔当想象力丰富，表现非常亮眼。现在，必须阻止他转向实际的问题，毫无疑问，他在这方面是较难以应付自如的。巴比·凯恩赶紧发言，他问他的新朋友是否认为月球或行星上有人居住。

"高贵的主席，你向我提出的可是一个大难题，"演说者面露微笑地回答，"然而，假如我没有弄错的话，一些才智出众的人，如普鲁塔克、斯威登堡[1]、贝尔纳丹·德·圣皮埃尔[2]，以及许多其他的博学者都表示过肯定的答复。假如把我放在自然哲学家的角度来看问题，我的看法会和他们相同。我认为这个宇宙间不存在没有用的东西，老友巴比·凯恩，若从另一方面来回答你的问题，我要肯定地说，假如不同的天体世界是可以居住的，那么现在、过去，或者将来都会有人居住在上面。"

"非常好！"前几排的观众高声说，他们的意见对最后几排的人来说，有着法律一般的效力。

"没有人能回答得更恰当、更合乎逻辑了，"大炮俱乐部主席说，"那么，问题可以理解成：所有天体上是不是都可以居住呢？在我这方面，我相信是可以的。"

"而我呢，我十分肯定可以住人。"米歇尔·阿尔当回答。

"可是，"与会群众中有一个人反驳道，"还是有一些论据反对所有天体都能住人的说法。显然，在大部分的天体上，必须

1　斯威登堡（Emanuel Swedenborg，1688—1772），18世纪瑞典著名的科学家、哲学家、神学家。

2　贝尔纳丹·德·圣皮埃尔（Bernardin de Saint-Pierre，1737—1814），19世纪法国作家、植物学家。

先改变生存的条件才行。就只拿行星来说，随着星体距离太阳的远近，居住在上面的人必然会被冻僵，或被烧伤。"

"可惜我本人并不认识这位可敬的反对者，"米歇尔·阿尔当回答，"因为我要试着回答他的问题。他的反对意见相当有价值，不过，我认为我们能够成功地驳倒这个意见，以及所有主张天体上无法居住的学说。假如我是物理学家，我会说，只要能在邻近太阳的行星上，减少运动耗用的热能；相反地，在离太阳较远的行星上，增加运动耗用的热能，这个简单的现象就足以使热力保持平衡，像我们这样的有机生物，也就能适应这天体上的温度了。假如我是个博物学者，我会告诉他，根据许多杰出科学家的观察，地球上的大自然提供了不少动物在不同居住条件里生活的实例。在其他动物无法存活的环境里，有些鱼类却可以自在呼吸；两栖动物有着相当令人难以理解的双重生活；某些海洋里的生物能在极深的水层维持生命，承受五六十倍的大气压力却不会被压碎；种类互异的水生昆虫对温度毫无感觉，它们能出现在沸腾的泉水里，也能出现在极地海洋的冰原里；最后，我们必须知道自然界有着各式各样的生命运作方式，人们经常无法理解，但这些运作方式却真实存在，甚至达到无所不能的程度。假如我是化学家，我就要向他谈谈陨石，这种明显是在地球以外的地方形成的物体，经过分析之后，测出它们含有碳的痕迹，这是不争的事实，而这类物质只能源自有机生物，根据雷森巴可[1]的实验证明，这必定是一种从'动物质'转化而来的物质。最后，假如我是神学家，我会对他说，依据圣保罗[2]的说法，基督救世的神圣恩典似乎不仅赐予地球上的众生，也普及所有天体上的存在物。不过，我既非神学家，也不是化学家、博物学家、物理学家。我对支配宇宙的伟大法则一无所知，因此，我只能回答：我不知道天体上是否有人居住，而正因为我不知道，所以我要去那上面瞧一瞧！"

那位反对米歇尔·阿尔当的理论的人有没有再尝试提出其他论据呢？实在无法断定，因为群众的疯狂叫喊声早已使任何意见都难以发声了。直到离讲台最远的人群也安静下来之后，得意的演说者才补充了以下几点意见：

"正直的美国人民们，你们相当清楚，我仅仅触及了这样一个大问题的表面，我来此地并不是要给大家讲课，为有关这个内容丰富的主题做论文答辩。还有另外一系列论据是支持天体上可以居住的，我暂且略过不谈，只想请大家容许我强调一点。对于那些主张行星上无法居住的人，应该这样回答他们：假如能拿事

1　雷森巴可（Carl Reichenbach, 1788—1869），19世纪德国化学家。

2　圣保罗（Saint Paul, 公元5—公元 67），基督教里最伟大的传教使徒之一，《新约圣经》中有一大部分是由他撰写的。

实证明地球是所有可能存在的世界里最好的一个，那么你们可能是对的；但是，不管伏尔泰[1]曾经对这个问题谈过什么，却没有人真正提出过证明。地球只有一个卫星，而木星、天王星、土星、海王星都有好几个卫星供它们支配，这是不可轻忽的好处。而使地球住起来特别不舒适的原因，在于地球的轴心与运行的轨道倾斜。因此白昼和夜晚不一样长，令人不快的四季变化也是由此产生的。在我们居住的这颗倒霉的椭球体上，天气不是太热，就是太冷；冬天里大家都会冻僵，夏天却快被烤焦了；这是个感冒、鼻炎、胸腔炎症盛行的行星。然而，以木星为例，它的轴心倾斜角度非常小[2]，居民可以享受终年不变的温度，那儿有永远不变的春天地带、夏天地带、秋天地带和冬天地带。每一个木星居民可以选择他喜爱的气候，一辈子都免去温度变换的烦恼。你们无疑会同意木星比我们的行星优越，还不用提它的1年等于地球的12年呢！此外，对我而言，显而易见地，在这事事吉利、生存条件绝佳的情况下，这个幸运世界里的居民都是高人一等的存在体，这里的学者更有学问，艺术家才华更出众，坏人更不恶毒，好人更加善良。哎呀！要臻至完美境界，我们的椭球体究竟还缺少什

1　伏尔泰（Voltaire, 1694—1778），18世纪法国最具影响力的作家、哲学家。他曾在作品《赣第德》（Candide）中强烈批评地球是人类最理想住所的说法。
2　木星的轴心倾斜于轨道平面的角度只有3.5度。（原文注）

么呢？一丁点儿大的小事！只要把运转的轴心和轨道平面倾斜的角度变小就可以了。"

"好啊！"一个激动高昂的声音叫道，"让我们联合心力，一起创造几台机器，把地球的轴心竖直起来吧！"

听到这个提议，会场爆出如雷的掌声，说这段话的人正是马斯通，也只可能是他。这位性格冲动的秘书很可能被他工程师的本能所驱使，才大胆提出这个极需勇气的提议。但是，必须提醒大家，因为事实也的确如此，许多人只是用他们的叫喊声支持他。毫无疑问，假使能取得阿基米德[1]要求的支点，美国人一定会建造一支能够扛起地球、竖直地球轴心的杠杆。不过，这些勇猛大胆的机械学家所缺少的，正是这个支点。

不管怎么说，这个"无比切合实际"的点子获得了极大的成功，讨论大会就此暂停了足足一刻钟。过了很久很久之后，整个美利坚合众国都还在谈论这个由大炮俱乐部常任秘书所提出的强力建议。

1　阿基米德（Archimède，公元前287—公元前212），古希腊著名的数学家、物理学家、工程师，也是杠杆原理的发明人，他在比喻自己对机械的透彻了解时曾说过："给我一个支点，我可以撬起整个地球。"

第二十章

抨击与反驳

马斯通的提议是一则小插曲，似乎应该结束讨论会了。我们很难找到比这更好的"闭幕词"。然而，会场中的骚动才刚平静，就听见一个洪亮严肃的声音说出下面这段话：

"现在，演说家已经尽兴发挥了想象力，他是不是愿意进入论述的主题，少说理论，多谈他这次远征的实际部分？"

所有人的目光都转向说话者的身上。这个人瘦削、干瘪，却有一张活力充沛的脸，下巴蓄着浓密的美式胡子。他利用先前会场里发生的几次不同混乱，早已慢慢移到前排观众之列。在那里，他双臂交叉，目光明亮而大胆，以不可动摇的坚定姿态，紧盯着这场大会的英雄。他提出要求以后便沉默不语，对于汇聚在他身上的成千道目光，以及他的发言所激起的低声指责，他似乎都不为所动。见问题没有很快得到答复，他又用同样清晰明确的语调重新询问了一次，随后又加上一句："我们在这里要讨论的是月球，而不是地球。"

"你说得没错，先生，"米歇尔·阿尔当回答，"刚才的讨论已经离题了，让我们再回来谈月球。"

"先生，"陌生人接着说，"你声称我们的卫星上有人住。好！但是，假如真有月球人，这些人肯定不必呼吸就能活，因为，月球表面一点空气分子也没有，我是为你好，才这样预先提醒你。"

听到这个断言，阿尔当挺直他那头发像野兽鬃毛似的脑袋，他明白自己和这个人将要针对问题的核心展开唇枪舌剑。轮到他紧紧盯着对方，他说："啊！月球上没有空气！请问，是谁这么认定的？"

"科学家。"

"真的吗？"

"真的。"

"先生，"米歇尔又说，"我们不说玩笑话，我对有学问的科学家有无上的敬重。但对于那些没有学问的科学家，我是非常瞧不起的。"

"你可认识属于后面这一类的科学家？"

"知道几位。在法国，就有一位主张'严格来说，鸟不会飞'，另外一位用几个理论证明鱼天生不适合活在水中。"

"我所说的科学家不是这类型的人物，先生，有关支持我的想法的科学家，我可以举几个你无法否认的名字。"

"那么，先生，你可就让一个无知者感到万分为难了，再说，这个无知的人只求能增长见闻呢！"

"假如你没有研究过这些科学问题，为什么你还要谈它们呢？"陌生人相当粗暴地质问。

"为什么？"阿尔当回答，"原因就在于不知道危险的人永远是勇敢的！我什么也不知道，这是实情，不过，正是我的弱点使我充满力量。"

"你的弱点直达疯狂的地步！"陌生人怒气冲冲地叫道。

"哈！最好是如此，"法国人反驳，"假如我的疯狂能把我带到月球上，那就太好了！"

巴比·凯恩和他的同事都狠狠地瞪着这个大胆前来阻碍他们计划的不速之客，仿佛想用眼睛吞下他似的。没有人认识这个人，开场就如此坦白的辩论将会如何接续，主席对此感到相当不放心，他神色忧虑地望着他的新朋友。在场人士都十分专注，而且极度不安，因为目前的争辩使他们留意到执行远征的可能性受到威胁，甚至真的无法实现了。

"先生，"米歇尔·阿尔当的对手接着说，"能证明月球周围绝对没有大气的理由很多，每个都不容置疑。我甚至可以在一开始就说，即使这个大气曾经存在过，也早就被地球吸光了。不过，我更希望用无法否认的事实来反驳你。"

"请说，先生，"米歇尔·阿尔当礼貌周到地回答，"请尽情地反驳我吧！"

"你知道，"陌生人说，"当光线穿越像空气这样的介质时，会偏离原来的直线，换句话说，它们受到折射作用。但是，当发亮的恒星被月球遮蔽，它们射出的光线擦过月盘边缘的时候，从来没有偏离直线，也没有发生过半点折射的细微痕迹。由此可以得出明显的结论，月球的周围没有覆盖大气。"

大家都注视着法国人，因为一旦承认这个观点，就会有严重的后果。

"老实说，"米歇尔·阿尔当回答，"就算这不是你唯一的论据，也确实是你的最佳论据了。一个科学家或许会难以答复，我呢，我要单单对你说这个论据没有绝对性，因为它假定月球的角直径已经完整确立，而事实上并没有。不过，我们暂时不去谈它，请告诉我，亲爱的先生，你是否承认月球表面有火山？"

"有死火山，但没有活火山。"

"然而，请允许我，在不超出逻辑界限的范围内，允许我相信，这些火山在某段时期曾经相当活跃。"

"这是肯定的，但是它们能够自己供给燃烧时必要的氧气，火山爆发的事实完全无法证明月球大气层的存在。"

"那好，咱们先别谈这个，"米歇尔·阿尔当回答，"就先把这一类的论据摆一边，来谈谈直接的观察。不过，我先告知你，我会提出几个名字为例。"

"你请提吧。"

"我这就开始。1715年，天文学家鲁维勒和哈雷观测5月3日的日全食，注意到月球表面有某些奇怪的闪光，这种一闪即逝的火花，经常重复出现，他们认为这是月球大气层里发生的暴风雨。"

"在1715年，"陌生人驳斥道，"天文学家鲁维勒和哈雷把一些纯粹是地球上的现象，看成是月球上的现象，例如火流星之类的就是在我们的大气层里发生的。在他们发表这个所谓事实的时候，当时的科学家就这样回答他们，我的回答也和那些科学家一样。"

"我们也不多谈这个，"阿尔当回答，他并没有因对方的反驳而神色激动，"赫雪尔在1787年时，不是曾经观察到月球表面有很多发亮点吗？"

"一点也没错，但是他并没有解释这些发亮点的原因，赫雪尔本人也不曾因为这些光点的出现，就下结论说月球大气层必然存在。"

"你回答得很好，"米歇尔·阿尔当夸赞他的对手，"看得出来，你对月球学很有研究。"

"是很有研究，先生，我还要再补充一点，最有才干的观测家，比尔和蒙德雷尔，也对这个黑夜星体做过极深入的研究，他们两人一致认为月球表面根本没有空气。"

听众之间有一阵骚动，他们似乎被这个奇特人物的诸多论据打动了。

"且不谈这些，"米歇尔·阿尔当极为镇静地回答，"现在，让我们来听一个重要的事实。才华卓越的法国天文学家罗塞达，于1860年7月18日观测日食，他指出新月形太阳的两个角被截去尖端，变成圆的，然而，这个现象只有在太阳光穿越月球大气层时偏离直线的状态下才会产生，不可能有其他的解释。"

"但是，这件事确实可靠吗？"陌生人立刻问道。

"绝对可靠！"

会场上又起了一阵骚动，这一回，听众的反应转向支持他们所喜爱的英雄，他的对手则不发一语地待在原地。阿尔当再度发言，他并没有因为方才取得了优势而沾沾自喜，只是简单地说："所以你也清楚了，亲爱的先生，不应该那么斩钉截铁地认定月球表面绝对没有大气。这层大气可能很稀薄，相当不容易侦测，但是，今日的科学普遍认为它是存在的。"

"不管你乐不乐意听见，山上确实没有大气。"陌生人不愿意认输，又固执地驳斥了一句。

"是没有，但在山谷还有，最多几百英尺的厚度。"

"不管如何，你最好做些预防措施，因为那里的空气可是稀薄得可怕。"

"啊！正直的先生，对单独一个人来说，总是够用的。况且，一到了那上头，我就会竭尽所能地努力节约空气用量，只在重大的情况时才呼吸。"

巨大的爆笑声像雷鸣一样在这位神秘对话者的耳边响起，他那充满对抗意味的目光骄傲地扫视全场。

"那么，"米歇尔·阿尔当神情闲适地继续说，"既然我们都同意月球上有一些大气，我们就不得不承认那里有一定分量的水。就我个人而言，我非常高兴能得出这个结论。再说，我可爱的反对者，请容我再提出一项观察结果。我们所看到的只是月盘的一面，假如月球面对着我们的这一面有些许空气，在另外一面可能有更多空气。"

"凭什么理由这么说？"

"因为，月球由于受到地球引力的影响，呈现鸡蛋的形状，而我们看到的是其中的一小端。根据韩森[1]的计算结果，月球的重心位于另一个半球，由此得出一个结论，在我们卫星形成的初期，大部分的空气和水应该就被它的重力牵引到另一面去了。"

"纯粹是幻想！"陌生人高声说。

"不！这纯粹是建立在力学法则上的理论。我认为，要想驳斥这个说法是相当困难的。因此，我呼吁大会对这个问题进行表决：存在地球上的生命，是否可能在月球表面生存呢？"

30万名听众同时鼓掌赞成。米歇尔·阿尔当的对手还想说话，但是大家再也听不见他说什么了。叫喊声、威胁声，犹如冰雹一样朝着他猛烈袭击。

"够了！够了！"有人说。

"把这个不识趣的家伙赶走！"另一些人反复说。

"滚出去！滚出去！"恼怒的群众高喊着。

但是他坚定地用力扣住讲台，动也不动，等待暴风雨过去。要不是米歇尔·阿尔当比手势要大家安静下来，这场暴风雨的规模可能会相当可怕。阿尔当为人太讲道义，不可能把他的对手抛弃在这种极端的情况里什么都不管。

"你希望补充几句话吗？"他以亲切的口吻询问他的对手。

---

1 韩森（Peter Andreas Hansen，1795—1874），19世纪德国天文学家，曾任丹麦天文台的台长。

"没错！我还要说一百句、一千句，"陌生人愤怒地回答，"或者，倒不如，不，只要一句！这么坚持你的计划，除非你是……"

"思考欠周的家伙！我已经请求我的朋友巴比·凯恩造一个锥形圆柱体的炮弹，让我不至于像松鼠一样在半路上团团转了，你怎么可以把我看成这样的人呢？"

"但是，可怜的人，启动时的可怕反冲力就会把你压碎！"

"亲爱的反对者，你刚刚指出了真正，也是唯一的困难。不过，我对美国人的工业天才有极高的评价，我不相信他们解决不了这个问题！"

"可是，炮弹穿越大气层时，它的速度所产生的高热呢？"

"啊！炮弹壁很厚，而且我将会快速通过大气层！"

"但是，粮食呢？水呢？"

"我已经计算过，我可以带一年的用量，而我的旅程才只花四天！"

"但是，途中要呼吸的空气呢？"

"我可以通过化学方法来制造。"

"可是，假如你能到达月球，你又要如何降落呢？"

"炮弹落在月球上的速度将会比在地球降落慢6倍，因为重量在月球表面比在地球的小6倍。"

"那还是足够把你像玻璃一样，摔得粉碎！"

"谁能阻止我，利用装置恰当的火箭，在必要的时候点燃，来减低下降的速度呢？"

"不过，最后，假设所有的困难都解决，所有的障碍都排除了，也把所有对你有利的机运都凑集在一起了，并姑且认为你安全到达了月球，你又要如何重回地球呢？"

"我不会回来！"

听到这个透过简洁方式触及崇高精神的回答，场上的所有人都哑然无声，但是这片沉默比热情的喊叫更动人。陌生人利用这个机会做最后的抗议。

"你是必死无疑的，"他大声说，"而那只不过是死了一个理智失常的人，你的死亡甚至对科学没有一点用处！"

"请继续说下去，慷慨的陌生人，因为，老实说，你的诊断方式非常讨人喜欢。"

"啊，这太过分了！"米歇尔·阿尔当的对手高喊，"我不知道为什么还要继续这样不严肃的争辩，请尽情从事这个疯狂的事业吧！你不是应该受到指责的人！"

"哦，请你不必客气！"

"不！要对你的行为负责的是另外一个人！"

"请问，那个人是谁？"米歇尔·阿尔当声音专横地问道。

"是安排这一桩既可笑又不可能实现的实验的那个无知之徒！"

这个攻击非常直接。自从这个陌生人介入讨论以来，巴比·凯恩就使尽全力克制自己，就像某些锅炉的火箱，燃烧自身回流的煤烟一样。然而，看到自己受到如此侮辱的指明，他猛然站了起来，就要朝这个当面挑衅自己的敌手走去，这时候，他发现自己突然与这个人隔得越来越远。

讲台早已被一百只强壮的胳臂倏地抬了起来，大炮俱乐部的主席正与米歇尔·阿尔当共享胜利的光荣。充作讲台的舷墙很重，但是抬着它的人不停地轮流，每个人彼此争斗、抢夺，都想用他们的肩膀来支持那代表胜利的台子。

这时候，陌生人并没有趁着嘈杂之际离开他所在的地方。再说，处在这挤得密密麻麻的人群中，他能办得到吗？当然不能。不管怎么说，他双臂交叉，待在第一排，眼睛盯着巴比·凯恩主席，像是要把他吞下似的。

巴比·凯恩也一直望着这位陌生人，两人的目光碰触，仿佛两把颤动的宝剑交锋。

在胜利的行进期间，广大人海发出的叫喊声始终维持最大的强度。米歇尔·阿尔当带着明显快乐的神情，任由群众带动，他的脸闪耀着光芒。讲台宛如一艘受海浪打击的船只，时而前后颠簸，时而左右摇晃。但是，这两位大集会的英雄具有船员的脚力，稳稳地站立在上方，他们的"大船"没有遭到任何损失就来到了坦帕城的港口。米歇尔·阿尔当幸运地躲过他那些健壮的仰慕者的最后拥抱；他逃入富兰克林旅馆，动作敏捷地进到自己的房间，迅速溜上床，这时，10万人的大队伍还守在他的窗户下，直到天明。

这段时间里，一场短暂、严肃、关键性的会晤已经在那位神秘人物和大炮俱乐部主席之间发生。

巴比·凯恩终于得了空闲，他笔直地朝他的敌手走去。

"跟我来！"他简短说了一声。

这位敌手跟随他来到码头，不久两个人就单独站在面向琼斯斜坡的码头入口。

在那里，这两个尚未相识的仇敌相互对望。

"你是谁？"巴比·凯恩问。

"尼科尔船长。"

"我正这么猜想。直到现在为止，机运还从未把你抛到我的路上来……"

"我已经自己来了！"

"你刚才辱骂我！"

"而且是当着众人的面。"

"你得就这个侮辱，还我公道。"

"立即照办。"

"不。我希望这一切在我们之间私下进行。距离坦帕三英里处有一片树林，叫作思凯尔斯诺树林，你可知道？"

"我知道。"

"你愿意在明天早上5点从树林的一边进入吗？"

"可以，只要你在同一时间从另一边进去。"

"你不会忘记你的来复枪吧？"

"正像你不会忘记你的枪一样。"尼科尔回答。

冷冷地交换过这几句话之后，大炮俱乐部主席就和船长分手了。巴比·凯恩返回他的住所，但是，这几小时内他没有休息，而是整夜寻找避免炮弹反冲力的方法，思索米歇尔·阿尔当在大会讨论中提出的难题的解决办法。

第二十一章

法国人如何化解冲突

主席和船长已经谈妥了决斗约定，在这场可怕又野蛮的对决中，双方都成了以人为猎物的猎人。当这两人谈判决斗条件的时候，米歇尔·阿尔当正在休息，以便消解胜利游行带来的疲劳。"休息"显然不是一个恰当的词语，因为美国床铺的坚硬程度和大理石或花岗岩质的桌子比起来，简直不相上下。

所以，阿尔当躺在给他当床单和被单用的几条大毛巾之间，翻来覆去，睡得相当不安稳，他心里正考虑着在他的炮弹里安置一张较舒适的卧铺时，忽然一阵剧烈的声响把他从幻想里惊醒。紊乱的敲门声撼动他的房门，似乎有人用铁器敲打着门。在这一阵阵为时过早的晨间喧闹声里，还混杂着响亮的呼喊。

"开门！"有人叫道，"看在老天的分儿上，开门啊！"

阿尔当没有任何理由要接受这么吵闹的请求。然而，他还是起床了，在房门就要被这名固执的访客用力撞倒时，他打开了门。大炮俱乐部的秘书一下子闯进房间里。就算扔进来一颗炸弹，也不会比他更吵，更没礼貌。

　　"昨天晚上，"马斯通一进门就不由分说地叫嚷道，"我们的主席在大集会上受到公开辱骂。他于是向他的仇敌挑战，这个人不是别人，正是尼科尔船长。他们今天早上要在思凯尔斯诺树林决斗！这一切都是巴比·凯恩亲口告诉我的。假如他被杀，我们的计划就全毁了。所以一定要阻止这场决斗！可是，世界上只有一个人能够影响巴比·凯恩并拦住他，这个人就是你，米歇尔·阿尔当！"

　　正当马斯通这般述说的时候，米歇尔·阿尔当也没有打断他，他急忙穿上宽大的长裤。不到两分钟之后，两位朋友就飞速抵达坦帕城的郊区。

　　在这又快又急的路程中，马斯通把全部情况都告诉了阿尔当。他讲述了巴比·凯恩和尼科尔彼此敌对的真正原因，这股敌意如何由来已久，以及如何经由双方共同友人的暗中帮忙，主席和船长直到当日都不曾面对面相遇。他还补充说，这仅仅是钢板和炮弹的竞争，最终，大会的那一幕不过是尼科尔找了很久才得到的一次让他好好发泄旧仇宿怨的机会。

没有什么会比美国这种特有的决斗更可怕的了，决斗时，两个仇敌穿越灌木林互相搜索，在荆棘丛的角落彼此窥伺，在矮树丛中像野兽般相互射击。这时候，任何一方一定都会羡慕草原上的印第安人，能够拥有与生俱来的非凡本领，羡慕他们的快捷机智、巧计多端；对蛛丝马迹的高度敏感，以及能掌握敌人动向的嗅觉。只要一个错误、一点犹豫、一次失算就会导致死亡。在这类战斗中，美国人经常带着狗群做伴。敌我双方都既是猎人也是猎物，可以接连好几个小时展开追击。

　　"你们是何等要命的怪人啊！"在听完他的同伴口沫横飞地描述这种决斗场面之后，米歇尔·阿尔当高声说道。

　　"我们就是如此，"马斯通虚心地回答，"不过，我们还是快走吧！"

　　不过，虽然米歇尔·阿尔当他们一路跑过仍沾满露水的潮湿平原，穿越稻田和小溪，抄近路前进，仍旧无法在早上5点半以前赶到思凯尔斯诺树林。巴比·凯恩大概已经从树林边缘进入林区半小时了。

　　在树林边，有一个年老的樵夫正忙着把他用斧头砍倒的树，劈成一捆一捆的木柴。马斯通朝他奔去，一面大喊："你可曾看见一个背着来复枪的男子走进森林？就是巴比·凯恩，我们的主席……我最要好的朋友……"

大炮俱乐部这位高贵的秘书天真地认为全世界的人都认识他的主席。可是，樵夫似乎不懂他的话。

"是一个猎人。"阿尔当这时开口说。

"一个猎人？有，我看见过。"樵夫回答。

"进去很久了吗？"

"大约一个钟头了。"

"太迟了！"马斯通大喊道。

"你听见枪声了吗？"米歇尔·阿尔当问。

"没有。"

"一声也没听到吗？"

"一声也没听到。看样子，那个猎人是没有什么斩获了！"

"怎么办？"马斯通说。

"进入树林里，就会有挨一颗不是针对我们而来的子弹的危险。"

"啊！"马斯通以谁都不会误解的语调，大声说，"我宁愿自己的脑袋吃进10颗子弹，也不愿意看一颗子弹射进巴比·凯恩的脑袋。"

"那么前进吧！"阿尔当握住他同伴的手，说道。

几秒钟之后，两个朋友就消失在灌木丛里。这片矮树林非常茂密，长着巨大的柏树、埃及无花果树、鹅掌楸、罗望子树、绿油油的橡树以及木兰树。不同林木的枝干相互交错，纠结缠绕，使视线望不见远方。米歇尔·阿尔当和马斯通紧靠在一起往前走，默默地穿过高草丛，在粗壮的藤蔓中开辟小路，带着探询的目光检视荆棘丛或是隐蔽在阴暗浓密树叶里的枝条，怀抱着每一步都可能听到可怕来复枪响的心情前进。至于巴比·凯恩在行经树林时可能留下的痕迹，他们根本辨认不出来。他们盲目地走在勉强辟出的小径上，只有印第安人才有办法在这种地方一步步追踪对手的足迹。

经过一小时毫无结果的搜寻，两个同伴停了下来。他们内心的忧虑更重了。

"这一切必定结束了，"马斯通沮丧地说，"像巴比·凯恩这样的人既不会对敌人耍花招、设圈套，也不会使心机！他太坦率、太勇敢了。他已经勇往直前，笔直朝危险走去了，而且事发地点无疑距离樵夫相当远，枪声无法顺着风传到他那儿。"

"可是我们！还有我们！"米歇尔·阿尔当回答，"自从进入树林以后，我们也总该会听见吧……"

"说不定是我们到得太迟了！"马斯通用绝望的声调大叫。

米歇尔·阿尔当找不出可以回答的话。马斯通和他又继续往前行。他们时而放声大叫，或是呼唤巴比·凯恩，或是呼喊尼科尔。可是，两个仇敌中没有一位响应。被他们的叫声惊醒的鸟群，快活地拍拍翅膀，消失在枝丫间，几头受惊吓的黄鹿匆忙逃进了灌木林。

他们又持续搜寻了一小时，大部分的林地都找遍了，一点也没有发现这两位决斗者经过的痕迹。樵夫的说辞实在值得怀疑，阿尔当就要放弃继续这种徒劳的侦察时，忽然，马斯通停下脚步。

"嘘！"他低声说，"那底下有人！"

"有人？"米歇尔·阿尔当回答。

"对，一个男人！他看上去动也不动。他手里也没有来复枪。他在做什么呢？"

"你认识他吗？"米歇尔·阿尔当问，他的重度近视在这种情况下根本没什么用处。

"是！认识，他正在转身。"马斯通回答。

"是谁？"

"尼科尔船长！"

"尼科尔！"米歇尔·阿尔当大叫一声，他感到一颗心剧烈地缩紧了一下。

尼科尔没有带枪！这么说来，他再也用不着害怕他的敌人了吗？

"我们到他那儿去，"米歇尔·阿尔当说，"看看到底发生什么事了。"

可是，他的同伴和他还没走50步就停了下来，更加仔细地打量着船长。在他们的想象中，会找到一个凶残、一心只为复仇的人！怎知看见他时，他们都惊得愣住了。

在两棵高大的鹅掌楸之间，晾着一张织工紧密的网子，网中央有一只小鸟，翅膀被网线缠住了，一边挣扎，一边发出哀鸣。设下这张无法挣脱的大网的捕鸟人，不是人类，而是一只当地特有的毒蜘蛛，它的体形犹如鸽子蛋，身上长着大大的脚。这只丑恶的动物正要朝它的猎物扑过去时，竟又中途折回，转头爬向鹅掌楸的高树枝上寻求庇护，因为轮到另一个可怕的敌人来威胁它了。

原来，尼科尔船长把步枪放在地上，忘了他目前身处的危险，正全神贯注，尽可能灵巧地解救那陷在恐怖蜘蛛网里的受害者。事情完成之后，他放开手让小鸟飞走，只见鸟儿快活地拍打翅膀，随即就不见了踪影。

尼科尔神情充满怜悯地望着小鸟穿越树枝飞逃而去，这时候，他听见一个感动的声音说："你呀，你可真是个善良的人！"

他转过身。米歇尔·阿尔当就站在他的面前，正以各种不同的语调反复地说："多么值得敬爱的人呀！"

"米歇尔·阿尔当！"船长大叫道，"你来这里做什么，先生？”

“来和你握手，尼科尔，来阻止你杀死巴比·凯恩或者被巴比·凯恩所杀。”

“巴比·凯恩！”船长高声说，“我找了两个钟头都没有找到他！他躲到哪里去了？”

“尼科尔，”米歇尔·阿尔当说，“这样说是没礼貌的！应当要时时尊敬自己的对手。你请放心，如果巴比·凯恩活着，我们会找到他的。假如他没有像你一样忙里偷闲来拯救受难的小鸟，他一定也在找你，那么，要找到他就更容易了。不过，我们找到他以后，我米歇尔·阿尔当就会郑重地对你说，你们之间再也没有决斗了。”

“巴比·凯恩主席和我之间，”尼科尔严肃地回答，“有着很深的敌对关系，我们其中一人的死亡……”

“算了！算了！”米歇尔·阿尔当接着说，“像你们这样正直的人，过去竟然会互相憎恨，但是，现在该互相尊敬才对，你们就别决斗了。”

“我将决死一战，先生！”

“绝对不行。”

“船长，”这时马斯通非常诚恳地说，“我是主席的朋友，他的知交，可以说是第二个他。假如你一定要杀死某个人，就请你对我开枪，这完全是一样的。"

"先生，"尼科尔用抽搐发抖的手握紧他的来复枪说，"这些开玩笑的话……"

"马斯通友人不开玩笑，"米歇尔·阿尔当回答，"我了解他自愿替所爱的人受死的想法！但是，不管是他还是巴比·凯恩，都不会在尼科尔船长的枪弹下倒地，因为我要提出一个吸引人的建议，他们将会迫不及待地连忙接受。"

"什么建议？"尼科尔问，他一脸不相信的表情。

"别急，"阿尔当回答，"我只有当着巴比·凯恩的面才会告诉大家。"

"那就快去找他吧。"船长高声说。

三个人立即上路。船长卸下来复枪的子弹之后，把步枪往肩膀上一背，不说一句话，就带着一冲一颠的步伐前进了。

又过了半个钟头，他们的搜寻还是毫无结果。马斯通心头袭来一股不祥的预感。他严厉地盯着尼科尔，思忖船长是否已经完成报仇，可怜的巴比·凯恩是否早已被子弹击中，躺在某一丛血迹斑斑的灌木林深处，没了生命。米歇尔·阿尔当似乎也有同样的想法，两个人已经带着讯问的眼光望向尼科尔船长。突然，马斯通停下脚步。

在距离他们20步的地方，出现一个男人，背部靠在一棵巨大的美国木豆树下，只能看见他那动也不动的上半身，下半截身体则隐没在草丛里。

"是他！"马斯通说。

巴比·凯恩没有移动。阿尔当的目光转而望进船长的眼睛深处，但他并没有动摇，阿尔当向前走了几步，一面喊着："巴比·凯恩！巴比·凯恩！"

没有任何回答。阿尔当赶忙朝他的朋友冲过去。但是，正当他想抓住对方的手臂时，他突然停下来，惊奇地叫了一声。

巴比·凯恩手握铅笔，正在笔记本上写公式，画几何图形，而他那支还没装子弹的步枪则横躺在地上。

这位科学家正全神贯注地投入工作中，竟然也忘了决斗和复仇，他什么也没看见，什么也没听见。

但是，当米歇尔·阿尔当把手放在他手上时，他抬起头，用惊讶的眼光打量对方。

"啊！"他终于发出叫声，"是你！在这里！我找到了，我的朋友！我找到了！"

"什么？"

"我的方法！"

"什么方法？"

"可以消除炮弹发射时反冲力影响的方法。"

"真的吗？"米歇尔说，同时偷偷瞟了船长一眼。

"真的！用水！用普通的水就能产生弹性……啊！马斯通！"巴比·凯恩大叫一声，"你也在这里！"

"还有他，"米歇尔·阿尔当回答，"允许我同时向你介绍高贵的尼科尔船长！"

"尼科尔！"巴比·凯恩霍地站起身，喊道，"抱歉，船长，"他说，"我忘了……现在我准备好了……"

米歇尔·阿尔当没让两个仇敌有时间互相质问，立刻就插嘴说："当然啦！幸亏像你们这样正直的人没有早一些碰头！不然的话，我们现在要不是为这一位，就是为另一位哀悼了。不过，感谢上帝介入，现在，再也没什么好担心的了。当一个人忘了自身的仇恨，埋头研究机械难题，或者跟蜘蛛开玩笑，这就说明了这个仇恨对任何人都不具危险性。"

米歇尔·阿尔当向主席叙述了船长的故事。

"我要请问你们一下，"他在下结语时说，"像你们两位这样善良的人，难道生来就为了用卡宾枪彼此互轰脑袋的吗？"

在这个有点可笑的情境里，某些事情发生得如此出乎意料，使得巴比·凯恩和尼科尔都不太晓得该用什么样的态度来看待对方。米歇尔·阿尔当很能感觉到这一点，他决定加快脚步让双方和解。

"正直的朋友们，"他说，他的唇边不由得露出最和善的微笑，"你们之间一向就只有误会，没有别的。好！为了证明你们之间的一切仇恨都已经结束了，而且，既然你们都是那种愿意冒生命危险的人，就请坦诚地接受我要向你们提出的建议。"

"请讲。"尼科尔说。

"巴比·凯恩友人相信他的炮弹会直接射达月球。"

"没错，那是当然的。"主席迅速地回答道。

"尼科尔友人坚信炮弹会落回地球上。"

"我确信一定如此。"船长大声说。

"好！"米歇尔·阿尔当接着说，"我并不奢望使你们两人意见一致，但是我要直率地对你们说，请和我一起出发吧，一起看看我们是否会停在半路上。"

"嘿！"马斯通惊奇地发出声来。

一听到这个突如其来的建议，两个竞争对手早已抬起眼相互对望。双方都在仔细观察对方的反应。巴比·凯恩等着船长的回答，尼科尔也在等候主席的发言。

"怎么样？"米歇尔用最吸引人的语调说着，"既然再也不用担心有反冲力了！"

"接受！"巴比·凯恩高声说。

不过，尽管他说这句话的速度很快，尼科尔却已经和他在同一时间说完了。

"乌拉！太棒了！太好了！嘿！嘿！嘿！"米歇尔·阿尔当呼喊着，并向两位仇敌伸出手来，"现在事情已经解决了，我的朋友们，请允许我以法国的方式对待你们。咱们去吃顿早餐吧。"

第二十二章

美国的新公民

整个美国，在当天同时得知尼科尔船长和巴比·凯恩主席决斗的事，以及最终的奇特结局。那位具有骑士风范的欧洲人在这次会面中扮演的角色，他那出乎意料，却又得以解决困难的提议；两位敌手的同声接受；法国和美国将要同心协力展开征服"月球大陆"的消息，这一切种种齐集在一起，使米歇尔·阿尔当的声望又往上提升了许多。

我们知道，美国佬醉心于一个人能达到怎样疯狂的程度。在这个国家里，一脸严肃模样的官员也会套在女舞者的马车前辕，得意扬扬地拉着车子满街跑；那么，这位大胆的法国人，又能够激起什么样的热情，就让大家自行判断了？假如人们没有替他们的几匹马卸下套子，那很可能是因为他们没有马车，但是，所有其他表示狂热的行动他们都毫不吝惜地展现了。没有一个公民不是把全部的思绪和心意集中朝向他！正如同美国的一句格言所说："合众为一。"

从这一天起，米歇尔·阿尔当不再有片刻的休息。来自合众国各个角落的代表团无止无休地骚扰他。不管愿不愿意，他都得接见他们。和他握过手的人，与他熟络交谈过的人，不胜其数，不久他就忙得精疲力竭。他的嗓子因为数不清的演讲而变得嘶哑，双唇间只能发出一些听不懂内容的声音。由于不得不跟合众国各地的委员干杯，他差点得了肠胃炎。换作其他人，这样的成功早在第一天就会让人陶醉得飘飘然，但是，他却能保持在才思横溢又迷人的半醺状态。

在各式各样纠缠他的代表团当中，"受月亮影响的人"[1]组成的团体一点也没有忘记他们对这个未来的月球征服者应尽的义务，这种可怜人在美国相当多。一天，他们其中几位来找他，请求和他一起返回他们的故乡。某些"受月亮影响的人"声称会说月球人的语言，愿意教米歇尔·阿尔当说这种语言。阿尔当满怀善意地听从他们没有恶意的疯言疯语，并且答应要为他们月球上的朋友捎口信。

1　指精神病患者和癫痫患者。西方传说认为，月亮圆缺的周期会影响精神疾病的起伏发展。

210

"精神病真是奇特呀！"打发走他们之后，他对巴比·凯恩说，"这类病症经常在智力敏捷的人身上发作。我们的一位最杰出的科学家阿拉戈[1]曾对我说，许多在思想上非常审慎、非常保守的人，每回受到月球影响时，就会变得兴奋异常，做出令人难以相信的怪诞行为。你不相信月球对疾病的影响吗？"

　　"不怎么相信。"大炮俱乐部的主席回答。

　　"我也不相信，但是，历史记载了几件至少算是让人惊奇的事件。好比，在1693年的一场瘟疫流行期间，1月21日当天月食的时候，死去的人特别多。著名人物培根[2]总会在月食的那段时间昏厥，一直到月亮再度完全显现以后，才又恢复知觉。国王查理六世[3]在1399年期间，曾多次陷入精神错乱，发病的时间不是在新月，就是在满月。有一些医生把癫痫症归类为随着月相变化的疾病，神经方面的疾病似乎也经常受到月球的影响。米德[4]提到一个儿童经常在望月的时候痉挛发作。高勒[5]观察到身心虚弱者的精

1　阿拉戈（François Arago，1786—1853），法国天文学家、物理学家、政治家。
2　培根（Francis Bacon，1561—1626），英国哲学家、科学工作者，对科学理论的发展有极为重要的贡献。
3　查理六世（Charles VI，1368—1422），15世纪时法兰西国王，因患有精神病，被后世昵称为疯子查理或可爱的查理。
4　米德（Richard Mead，1673—1754），英国医生，对传染病研究贡献良多。
5　高勒（Franz Joseph Gall，1758—1828），德国医生、神经解剖学专家，是大脑区块功能研究的先驱。

神亢奋状态每个月会增加两次，时间点都落在新月和满月时。总之，在眩晕、恶性发热、梦游症方面，还有上千个这种类型的观察结果，似乎都证实这座黑夜星体对地球上的疾病有神秘的影响力。"

"可是，怎么影响？为什么会有影响呢？"巴比·凯恩问。

"为什么？"阿尔当回答，"说实在的，我会拿阿拉戈在相隔19个世纪之后借用普鲁塔克的话重复说的：'这或许是因为它本来就不是真的！'"

米歇尔·阿尔当处于多方的喝彩当中，却也没能躲过任何一项身为名人必须承担的烦恼。承揽公众招待会的包商想拿他来展示；巴纳姆[1]提出100万美元的酬庸，要带他到美国各城市巡回，把他当作一头奇怪的动物一样公开展览。米歇尔·阿尔当则是把对方看作一个赶着自己去巡回展示的驯象师。

然而，他虽然拒绝满足大众的好奇心，不管怎样，他的肖像还是传遍了全世界，甚至在每本相簿里占据了一个荣誉的字段。人们替他拍下尺寸不同的照片，从实体大小到邮票式的微缩版，样样俱全。人人都能拥有这位英雄摆出各种想象得到的姿势的照片，有头像、胸像、全身像、正面像、侧面像、斜面像、背影

1　巴纳姆（P.T. Barnum, 1810—1891），美国著名的马戏团团长兼演出经理人。

像。他的照片冲印量超过了1,500,000张。这是个可以把自己身上的东西当作珍贵圣物一样出售的好机会，但是他并没有加以利用。光是拿他的头发每根一美元来卖，就足够让他发大财了。

总而言之，他倒不讨厌自己的名望；恰恰相反，他顺从公众的意愿，和世界各地的人通信。大家重复着他的风趣话，并且广为宣传，特别是他没说的话也到处流传。大家依照习惯，把那些话算在他头上，因为在机智风趣方面，他也的确十分擅长。

仰慕他的不只是男人，也有女人。只要他哪天心血来潮，想"安定下来"，他可以缔结的"美好婚姻"简直是想要多少，就有多少！特别是那些40年来逐渐枯萎的老小姐，无不日夜对着他的照片梦想。

可以肯定的是，即使他设下选择伴侣的条件，要求她们跟随他上天空，他仍然能找到成百个女伴。当女人什么都不怕的时候，她们是非常勇敢的。不过，他无意到月球这片"新大陆"繁衍子孙，也不想把一个法国和美国的混血人种移植到那里，所以他拒绝了。

"去那上面与一个夏娃的女儿扮演亚当的角色，不，谢了！"他说，"我只会遇见一条条的蛇！"

当他终于能摆脱这些太过频繁的得胜喜悦，一有空闲，他就在朋友的陪同下，去参观哥伦比亚大炮，这是他应该做的事。此外，自从他和巴比·凯恩、马斯通以及这类科学家一起生活以来，他就变得十分精通弹道学。他最大的乐趣在于向这些正直的大炮发明家重复说，他们只不过是一群博学又讨人喜欢的谋杀专家。他总能源源不绝地说出有关这方面的笑话。参观哥伦比亚大炮的那天，他对这座即将把他射向黑夜的巨大的哥伦比亚大炮赞赏不已，还下去到炮筒的底部走了一遭。

"至少，这尊大炮不会伤害任何人，"他说，"这对大炮来说已经是相当惊人的事了，但是，有关你们那些专门毁灭、放火、粉碎、杀人的大炮，请不要对我提起它们，尤其永远不要再向我说这些大炮有'灵魂'[1]，我可是不会相信的！"

在此，应该谈一谈马斯通的请求。当大炮俱乐部的秘书听到巴比·凯恩和尼科尔接受了米歇尔·阿尔当的提议时，他也决定加入他们的行列，四人成组一起动身。有一天，他提出参加旅行的要求，巴比·凯恩拒绝了他，但巴比·凯恩心底很抱歉，只能让他了解，炮弹无法载那么多的乘客。马斯通灰心失望地去找米歇尔·阿尔当，米歇尔劝他放弃这个念头，并且就马斯通本人的条件提出论据。

"你瞧，马斯通老兄，"他说，"可别把我的话当作恶意。

1　此处是双关语，因为在法文中，表示"灵魂"的这个字也有"炮膛"的意思。

不过，说真的，这只在我们两人之间说说，你少了一条胳臂，太不完整了，不能到月球上去！"

"不完整！"这位英勇健壮的残疾者大叫起来。

"对，我正直的朋友！你想想看，假定我们遇到了月球上的居民。你愿意让他们对人世间发生的事情产生凄凉的想法吗？你可愿意告诉他们什么是战争，向他们展示我们正把最美好的时光用在互相吞噬、彼此打断胳臂和腿骨上吗？而这些就发生在一个可以养活1000亿名居民，却只有12亿人口的星球上。算了，高贵的朋友，你会使得我们统统被撵出门呢！"

"可是，假如你们到达时跌成碎片，"马斯通驳斥道，"你们也会和我一样不完整了呀！"

"确实如此，"米歇尔·阿尔当回答，"可是，我们不会跌成碎片的！"

的确，在10月18日进行的一项试射实验，已经获得最佳的结果，也使众人所抱持的希望得以极度合理化。巴比·凯恩想了解炮弹射出时反冲力的影响，就派人从彭萨科拉的兵工厂运来一尊32英寸的迫击炮。大家把大炮放置在西利斯柏侯停泊场的岸边，好让炮弹掉进海里，减轻坠落时的撞击力。这次要测验的是出发时的晃动，不是到达时的碰撞。为了这个奇怪的实验，工厂非常小心翼翼地准备了一颗空心炮弹。在炮弹内用最优质的钢铁所做成的弹簧网上，贴着厚厚的一层垫料，使炮弹内壁厚度增加了一倍。这十足是一个用棉花细心铺设成的小窝。

"不能在这里头找到一个位子，真是可惜啊！"马斯通说着，他对于自己因为块头大而无法加入冒险，仍感到有些懊丧。

这枚可爱的炮弹以螺丝盖子来开合，他们先放入一只大猫，接着放进大炮俱乐部常任秘书饲养的一只松鼠，马斯通特别钟爱它。但是大家都想了解这只不怕头晕的小动物在这趟实验旅行里会有什么反应。

迫击炮里装填了160磅的火药，炮弹放进炮膛里，点火射击。

炮弹立即迅速升空，画出一个气势雄伟的抛物线，达到大约1000英尺的高度，然后以优雅的弧度落入波浪中。

一艘小船片刻也不耽搁地开往炮弹坠落的地点。熟练的潜水人赶忙投入水里，用缆绳绑住炮弹的耳叶，把炮弹快速吊到船上来。从两只动物被关进炮弹，到转开它们的牢狱盖子为止，经过的时间不到五分钟。

阿尔当、巴比·凯恩、马斯通、尼科尔都在小船上，他们全程参与作业，其关切的情感不难理解。炮弹才刚打开，猫就冲了出来，它身上有几处擦伤，但十分健康，一点也没有从天空远征回来的模样。不过没见到松鼠。大家东翻西找，没有半点踪迹。必须知晓真相才行，原来，大猫早已把它的旅行同伴吃掉了。

马斯通失去他可怜的松鼠，非常伤心，他打算将小动物的死亡登录在科学蒙难者的名册上。

无论如何，经过了这次实验，所有的踌躇、所有的忧惧都消失了。况且，巴比·凯恩的新设计图应该能造出更完美的炮弹，还可以把反冲力的影响几乎完全消除。

两天之后，米歇尔·阿尔当收到合众国总统的一封信，法国人对这份殊荣特别感动。

政府以他那位具有侠义精神的同胞拉法叶侯爵[1]为例，授予他美利坚合众国公民的称号。

---

1 拉法叶侯爵（Marquis de La Fayette, 1757—1834），法国将军、政治家，一生致力于为各国人民争取自由，曾参与美国独立战争和法国1789年的大革命。

第二十三章

"炮弹—车厢"

　　著名的哥伦比亚大炮造好之后，大众的关注点立刻投向炮弹，投向这个用来载送三位大胆冒险家的新式运输工具。没有人会忘记米歇尔·阿尔当在他9月30日的电报里，要求修改执行委员议决的图样。

　　巴比·凯恩主席当初的确有理由认为炮弹的形状并没有多大的重要性，因为炮弹在几秒钟内穿越大气层以后，接下来的航程必定是在绝对真空下进行。所以执行委员会就采用了圆形炮弹，让它可以自己旋转，也可以随兴在太空中运行。但是，一旦要将它改造成运输工具，这又是另外一回事了。米歇尔·阿尔当不愿意以松鼠的方式旅行，他希望能头朝上，脚朝下地升空，像坐在热气球吊篮里一样姿态庄重，炮弹的速度无疑更快，但不能让自己不得体地连翻筋斗。

几张新的图样因此被寄到阿尔巴尼的布莱德威尔公司，还嘱咐要事不宜迟地尽快执行。图样经过修改的炮弹在11月2日铸造完成，并且立刻经由东方铁路运往石头岗，在10日就平安抵达目的地。米歇尔·阿尔当、巴比·凯恩和尼科尔怀着无比急切的心情等待着这个"炮弹—车厢"，他们将要乘坐其中翱翔太空，去发现新世界。

必须承认，这是一件极美的金属制品，一个为美国工业才华带来极大光荣的冶金产品。人们是头一遭取得如此大量的铝，单就提炼来说，便可以公允地将其视为一项惊人的成果。这枚珍贵的炮弹迎着阳光闪闪发亮。看那戴着圆锥形帽子的庄严外形，使人自然而然地想起中世纪建筑师搭建在城堡角上，仿佛胡椒瓶模样的粗壮小塔楼，它缺少的不过是几个枪眼和风信标。

"我还想着会从里头走出一个手拿火枪、身穿铁甲的武装骑士呢，"米歇尔·阿尔当高声说道，"我们待在里面就像封建领主一样，再安置几尊大炮，我们就可以和所有月球人的军队作战了，要是月球上真有军队的话。"

"这么说来，你对这辆运输车很满意了？"巴比·凯恩问他的朋友。

"是的！没错！那当然，"米歇尔·阿尔当回答，他像艺术家一样审视着炮弹。"只可惜它的形状不够修长，它的圆锥不够优雅，应该可以在尾部加上一簇金属波纹装饰，再安放一个狮头龙尾的喷火怪兽，比方说，一个滴水嘴兽，或一个张口展翅的浴火蝾螈……"

"这些有什么用呢？"巴比·凯恩说，他那讲求实际的头脑不太能感受艺术的美。

"有什么用，巴比·凯恩兄！哎呀，既然你问我这个问题，只恐怕你永远也不会理解了！"

"你就说说看，正直的同伴。"

"好吧！依我看，在我们所做的事情中，总要多少加进一点艺术，这样比较好。你知道有一出印度戏剧，名叫《小孩的手推车》吗？"

"连名字也没听过。"巴比·凯恩回答。

"我不意外，"米歇尔·阿尔当接着说，"记住了，在这部戏里，有一个窃贼，他在房子墙壁上挖洞的时候，总会考虑是否要把洞口挖成竖琴形状、花朵形状、飞鸟形状或者古瓮形状。那么，请告诉我，巴比·凯恩兄，假如你是陪审团的成员，你会判这个窃贼犯罪吗？"

"根本用不着犹豫，"大炮俱乐部主席回答，"而且我还要因为他破坏墙壁而加重定罪。"

马斯通带着得意的胜利姿态，出现在锥形体的顶端，他变胖了！

"而我，会宣告他无罪，巴比·凯恩兄！这就是为什么你永远无法了解我了。"

"我甚至不想这样做，勇敢的艺术家。"

"但是，既然我们的'炮弹—车厢'外观不完全令人满意，"米歇尔·阿尔当接着说，"至少，总该允许我依照自己的愿望来布置内部，使它富丽堂皇，合乎地球大使的身份吧！"

"在这方面，正直的米歇尔，"巴比·凯恩回答，"你爱怎么做就怎么做，我们让你照自己的意思行动。"

不过，大炮俱乐部主席在论及美观之前，已经先考虑了实用，他发明的一整套减轻反冲力影响的方法早已非常巧妙地安装上去。

巴比·凯恩曾认为，没有任何一种弹簧有足够的强力来缓和撞击，这个想法不是没有道理。当他在思凯尔斯诺树林做那有名的散步时，他终于以非常具有创造力的方法，解决了这个大难题。水是他打算用来帮这个大忙的主力。以下是他的方法：

炮弹里必须装进三英尺高的水，水面上浮着一块绝对防水的木盘，这块圆木板可以摩擦着炮弹内壁上下滑动。旅客们的座位就设在这个名副其实的木筏上。至于这些液体，被水平的隔板区分为好几层，出发时的撞击会把这些隔板一一撞破。到那时候，每一层水，从最下面到最上面，将经由一根根疏水管流往炮弹的上端排出，弹力作用就因此产生。而圆木盘本身配备有极结实的缓冲垫，只有在各层隔板被相继压碎以后，它才会碰撞到炮弹壳的底部。毫无疑问，旅客们在所有液体排出之后，仍然会感到强烈的反冲力。但是，最初的撞击应该差不多被这个威力强大的"水弹簧"给全部消除了。

确实，在54平方英尺的面积上，3英尺深的水，重量几乎有11,500磅。但是，根据巴比·凯恩的估算，哥伦比亚大炮里累积的气体膨胀起来，足以克服这份增加的重量，更何况，所有的水，经过出发时的撞击，在不到一秒钟的时间内就能全部排出，炮弹马上又恢复了它正常的重量。

这就是大炮俱乐部主席所想象的设计，也是他认为可以解决反冲力这个重大问题的方法。再说，布莱德威尔公司的工程师对这个设备了解透彻，所以，制造工程执行得极为出色。设备一旦产生作用，水被全部排出，旅客们可以很容易地清除碎裂的隔板，拆掉启动时支撑着他们的活动木盘子。

炮弹内壁的上半部安装着不少用最优质的钢材制造的螺旋，它们犹如钟表发条一样柔软，在螺旋上又铺着一层厚实的皮垫。疏水管隐藏在垫子下面，从外观上根本看不出它的存在。

所以，为了减轻发射最初的撞击，一切可能想象得到的预防措施都已经采用了，在这样的情况下如果还会被压碎，用米歇

洛基山脉的望远镜

尔·阿尔当的话来说,必定是"身体构造相当差劲"的了。

从外部测量,这颗炮弹宽9英尺、高20英尺。为了不超出规定的重量,已经稍微减少炮弹壁的厚度,同时却在炮弹的底部做加强,因为这个部分必须承受低氮硝化纤维素燃烧时所产生的强烈气体压力。其实,炸弹和锥形圆柱体的榴弹的情况也是如此,它们的底部总是比较厚。

在圆柱形炮弹的炮壁上,设置了一个类似蒸汽锅炉的"人孔"[1]的狭窄开口,人们可以经由这里进入这座金属塔的内部。开口处有一扇铝制的门板,可以用紧实的压力螺丝从内部固定,关上铝门,内部就完全密封了。旅客们到达黑夜的星体之后,随即可以自由走出他们的活动监狱。

可是,光到月球去是不够的,必须要能在途中观看周遭。没什么比这更容易的。事实上,在皮垫下方有四个舷窗,窗子上装有非常厚的玻璃透镜,两个舷窗凿在圆形的炮弹壁上,第三个位于底部,第四个在锥形盖子上。旅客因此能够在路途中,观察他们所离开的地球、他们逐渐接近的月球,以及布满星星的太空。不过,这些舷窗外牢牢嵌着护窗板,以免出发时受到撞击,但只要从里面旋下螺丝帽即可轻易地把金属板扔掉。用这个方法,炮

1　蒸汽锅炉的炉体上开设的检查口,方便对炉胆内部进行维修和清理。

弹内部的空气就不会漏出去，旅客们才有可能进行观察。

所有的机械都以令人赞赏的方式安装好，操作起来也方便无比，而工程师在"炮弹—车厢"的内部布置上，也展现了同样的巧思。

几个紧紧固定在炮弹内的容器，是用来盛放三位旅客所需要的水和粮食的。甚至还有一个特殊容器，里头以好几个大气的高压储存瓦斯，可提供旅客的光和火。只要旋转龙头，这台舒服的运输车就可以得到足够6天照明和取暖的瓦斯。看得出来，维持生活，甚至是维持舒适不可或缺的东西，一样也不少。此外，多亏有米歇尔·阿尔当的天生才能，美观性才得以用艺术品形式与实用性结合。要不是空间太小，他可就要把他的炮弹改装成一个真正的艺术家工坊了。另外，假如大家以为三个人待在这个金属塔里面一定很拥挤，那可就错了。塔的底部面积大约有54平方英尺，高度为10英尺，住在里头的宾主还是能拥有一定的活动自由的，就是坐在美国最舒适的列车车厢里也比不上这里自在。

粮食和照明问题解决之后，剩下空气的问题了。显然，炮弹里的空气是不够旅客们呼吸四天的。事实上，每个人在1小时内，就要消耗掉几乎100公升空气里的所有氧。巴比·凯恩、他的两位同伴和他打算携带的两条狗，24小时应该就会消耗2400公升的氧，或者以重量来计算，差不多是7磅。所以，必须要能更新炮弹里的空气。怎么做呢？可经由雷塞和贺尼奥[1]两位先生发明的一个相当简单的程序。这一点，米歇尔·阿尔当曾在大集会的讨论中提过。

我们知道，空气主要包含21份的氧和79份的氮。而在呼吸时发生了什么事呢？这是一个非常容易了解的现象。人体吸收空气中的氧，它是维持生命必不可少的元素，并且把氮原封不动地吐出来。呼出的空气中，失去将近5％的氧，却也包含差不多同样体积的碳酸，这是吸入的氧燃烧血液中的物质后，最终的产物。因此，在一个密闭的空间，过了一段时间之后，空气中所有的氧气就会被对人体有害的碳酸取代了。

因此，问题可以归结如下：一、氮气含量没有变化，再制造出被吸收掉的氧；二、清除呼出来的碳酸。要达成这两件事，没有比利用氯酸钾和苛性钾更简单的了。

氯酸钾是一种白色片状的盐。当加热温度到达400摄氏度以上时，它会把氧全部排散出来，转变成氯化钾，而18磅的氯酸钾可以释放出7磅的氧，也就是旅客们24小时所需的氧气量。这就是制造氧气的方法。

至于苛性钾，这种物质对混在空气中的碳酸有极强的吸收

1　雷塞（Jules Reiset，1818—1896），贺尼奥（Henri Victor Regnault，1810—1878），两人皆是法国的化学家。

力，只须摇晃它，就足以使它吸收碳酸，形成碳酸钾。这就是清除碳酸的方法。

将这两种方法合并起来，就确定能使污浊的空气恢复到能增益精力的清爽质量。雷塞和贺尼奥两位化学家曾经做过这样的实验，结果极为成功。不过，直到当时为止，都是以动物来做实验。尽管这个方法具有极高的科学精确性，但是大家却完全不知道人是否能够承受。

大家为了处理这个重大问题，曾经召开过讨论会，这就是会中得到的观察结论。米歇尔·阿尔当不愿意让人怀疑利用这种人造空气生活的可能性，他提议在出发前先以他来做实验。但是，马斯通强烈要求获得这份荣幸。

"既然我不能出发去月球，"这位正直的大炮发明家说，"最起码也该让我在炮弹里住一个星期。"

若是拒绝他就太不近情理了，他们顺从了他的心愿。大家于是准备足够的氯酸钾和苛性钾，以及8天的粮食供他支配。然后，11月12日早上6点，他先和他的朋友们握过手，并且特意嘱咐不要在20日晚上6点以前打开他的监狱，随后就溜进炮弹里，金属门板也紧密地关上了。在这8天期间发生了什么事呢？无法知道。炮弹壁很厚，里头的任何声音都传不到外面来。

11月20日，晚间6点整，门板被拉开了，马斯通的朋友们仍旧忧虑得很。不过他们马上就放心了，因为他们听见一个快活的嗓音，大叫了一声"乌拉"。

过了一会儿，大炮俱乐部秘书就带着得意的胜利姿态，出现在锥形体的顶端，他变胖了！

第二十四章

落基山脉的望远镜

　　去年10月20日，募捐活动结束之后，大炮俱乐部主席曾经拨一笔款子给剑桥天文台，作为建造一座大型光学仪器的经费。这台仪器，不管是折射望远镜或者反射望远镜，都必须具有足够强大的威力，能看清楚月球表面一个至多个9英尺宽的物体。

　　在折射和反射两种望远镜之间有一个很重要的不同点，有必要在此提醒一下。折射望远镜的组成部分包括一根管子，管子上端有一个凸透镜叫作物镜，下端有第二片透镜叫作目镜，观察者的眼睛就是贴着目镜往外看。发光体射出的光线穿过第一片透镜，经由折射，会在焦点[1]形成一个颠倒的影像，我们用目镜来观

1　光线在被折射以后，全都汇聚在一个点上，叫作焦点。（原文注）

察这个影像，而目镜像放大镜一样，会将影像放大。所以，折射望远镜的管子两端各被一面物镜和目镜封住了。

相反地，反射望远镜的管子有一端是开放的。从被观察的物体那儿放射出来的光线可以自由地进入管子内，照射在一面金属质的凹镜上，也就是聚光镜上。从这里反射出来的光线碰到一面小镜子，再反射到目镜上，通过目镜所产生的影像便放大了。

所以说，折射现象在折射望远镜的运用上扮演主要的角色，反射现象则是反射望远镜运作中的要角。前者因此被称作折射镜，而后者命名为反射镜。制造这些光学仪器的最大困难就在于制作物镜，不管这个物镜是透镜或是金属反光镜。

然而，在大炮俱乐部进行它那伟大实验的年代，这些仪器已经非常精良，并获得了极佳的观测结果。伽利略使用他那一架最多只能放大7倍的折射望远镜来观测天体的时代，已经相当遥远了。自从16世纪以来，光学仪器就以可观的规模加大、加长，使得人们对恒星空间的观测，达到前所未知的深度。当时所使用的折射望远镜，有俄国布勒克瓦天文台的望远镜，它的目镜有15英寸[1]（相当于38公分宽）；有法国光学家莱贺布尔制造的望远镜，目镜与布勒克瓦的一样大；最后，还有剑桥天文台望远镜，它配

---

1 耗资80,000卢布，合320,000法郎。（原文注）

备的目镜直径有19英寸（相当于48公分）。

在反射望远镜中，我们知道有两座威力非凡的巨型望远镜：第一座，是赫雪尔建造的，它的长度是36英尺，拥有一面宽4.5英尺的反光镜，可以将影像放大6000倍；第二座耸立在爱尔兰比尔城堡帕森思顿公园里，属于罗斯伯爵所有。这座望远镜的管子长48英尺，反光镜宽6英尺[1]（合1.93公尺），能放大6400倍；重达28,000磅，必须建造巨大的水泥建筑，来安置那些操作仪器时必要的机械工具。

看得出来，这些仪器虽然体积庞大，所得的放大倍数，化约为千位整数，却没能超过6000倍。然而，放大6000倍仅仅是把月球拉近了39英里，而且只够瞥见直径60英尺的物体，除非这些物体特别长。

可是，现在观察的对象是宽9英尺、长15英尺的炮弹。因此必须把月球的距离拉近到5英里，为了做到这一点，望远镜必须能放大48,000倍。

这正是剑桥天文台遇到的问题，它应该不会受到财政困难的

1　我们经常听说有些折射望远镜的长度更长。其中有一座的焦距长300英尺，是多米尼克·卡西尼在巴黎天文台精心建置的。不过，要知道这座折射望远镜没有镜管。它的物镜是由几支长竿撑住，悬吊在半空中，观看者手持目镜，尽可能地对准物镜的焦点来观测。这样的仪器使用上非常不方便，而且，要在这种情况下固定两片透镜的中心位置，也是一大困难。（原文注）

炮弹车厢的内部，有尼科尔那只优秀的母猎犬和一条强壮有力的纽芬兰狗。好几箱最有用的种子也归入不可缺少的物品当中。三位旅客还拿了12株左右的小树苗，用稻草小心翼翼地包裹，放在炮弹车厢的角落。

阻碍，所以，剩下的就是物质上的困难了。

　　首先，必须在反射望远镜和折射望远镜之间选择一种。折射望远镜比起反射望远镜拥有更多的优点。在物镜相同的条件下，它的放大倍数较高，因为在折射望远镜上，光线是在穿过透镜时被吸收而消耗；使用反射望远镜时，光线则是经过反射在金属镜子上而消耗，两相比较，前者的光线耗损量是比较少的。不过，透镜有厚度的限制，因为太厚的话，光线就无法穿透了。而且，这些巨大的透镜制造起来极度困难，需要很长的时间，往往得花上好几年。

　　因此，物像在折射望远镜里会显得比较亮，在观测月球时，由于月球的亮光只是反射光，这会是相当宝贵的优点，虽然如此，大家还是决定采用反射望远镜，因为这种仪器的制造时间较迅速，也比较可能获得更高的放大倍数。但是，光线穿过大气层时会丧失一大部分的强度，所以，大炮俱乐部决定把仪器放置在合众国最高的山上，如此便可以减少空气层的厚度。

　　关于反射望远镜，我们在上文已经提过，它的目镜，也就是放在观察者眼睛上的放大镜，能产生放大作用；而物镜要使物像的放大倍数达到最高，它的直径就得最宽，焦距就得最大。为了放大至48,000倍，物镜大小必须超越赫雪尔和罗斯伯爵的望远镜非常多。这就困难了，因为铸造这些反光镜是一项很精细的工作。

值得庆幸的是，几年以前，法兰西学院的一位科学家雷翁·傅柯刚发明了一个方法，用涂银的镜子代替金属反光镜，使得磨光物镜的过程更容易也更快速。只须浇铸一片指定大小的玻璃，然后在上面敷一层银盐就行了。这个方法能得出非常优良的成果，因此就被剑桥天文台采用来制造物镜了。

此外，他们还采用赫雪尔制造他的望远镜时所设计的安装方法。在这位斯劳[1]天文学家制造的大望远镜里，物体的影像经由放置在管子底部的一面倾斜镜子，反射到管子另一端的目镜上。因此，观测者不是位于管子的下半部，而是爬上管子的上半部，拿着他的放大镜，俯身到巨大的圆柱形管子中进行观测，这种组合方式有一个好处，就是撤掉了把物像反射到目镜里的小镜子，物像只经过一道，而非两道反射。因此，损失较少的光线，影像也因此较不模糊；最终，也能获得更为明亮清晰的观察结果，这对目前必须进行的观测[2]来说，是一个可贵的优点。

采取了几项决定之后，建造工程就展开了。依据剑桥天文台办公室的估算，这架新望远镜的管子应该有280英尺长，反光镜的直径为16英尺。这样的一台仪器虽然庞大，却不能和天文学家虎

1　位于英格兰东南部，天文学家赫雪尔从中年以后的余生，都居住在该地。
2　这类型的反射望远镜称为"前视型望远镜"。（原文注）

克[1]几年前提议建造的那座10,000英尺（合3.5公里）长的反射望远镜相比。尽管如此，要建置这样一座仪器仍旧会遇到不少困难。

关于放置地点的问题，很快就解决了。主要在于选定一座高山，而合众国境内的高山并不多。

事实上，这个大国的山岳系统可简化为两条中等高度的山脉。壮丽的密西西比河流淌在这两条山脉之间，假如美国人承认任何事物都能称王的话，他们就会把这条河称作"河流之王"了。

位于东部的是阿帕拉契山脉，最高峰在新罕布什尔州内，高度不超过5600英尺，算是极普通的山。

相反，西部的落基山脉却是一座广阔的山群，起始于麦哲伦海峡，沿着南美洲的西海岸绵延而上，这一段山系名为安第斯山脉或科迪勒拉山脉，穿越巴拿马地峡，向北美洲延伸，直抵北极海的海岸。

这些山都不是很高，阿尔卑斯山脉或喜马拉雅山应该会从它们雄伟的高处极度轻蔑地望着这些山吧。的确，它们的最高峰只有10,701英尺，而勃朗峰的高度是14,439英尺，金城章嘉峰[2]海拔则是26,776英尺。

---

1 虎克（Robert Hooke，1635—1703），英国博物学家、发明家，近代科学发展的关键性人物，其人兴趣广泛，不管在物理学、机械学、天文学、生物学等领域都有杰出贡献，被誉为"英国的达·芬奇"。
2 喜马拉雅山的第三大顶峰。（原文注）

但是，既然大炮俱乐部坚持，望远镜要像哥伦比亚大炮一样，都建置在合众国内，就只得满足于落基山脉了。于是，一切必要的器材全都运到密苏里州区内的朗斯峰上。

用尽笔墨和言语都无法完整述说美国工程师必须克服的各式各样的困难，以及他们以勇气和纯熟技术所完成的种种奇迹。这真是一场名副其实的壮举，他们必须远离人口聚集的都会中心，置身荒野地带，在那儿，每件生存的细微琐事都会变成几乎无法解决的难题。他们必须穿越杳无人迹的草原、难以通行的森林，涉过令人害怕的急流，把巨大的石块、沉甸甸的铸铁、奇重无比的角钢、大型的镜筒零件、重量将近30,000磅的物镜，全都搬上高度超过10,000英尺，终年积雪的极限山区。无论如何，美国人的天才终究战胜了这成千的障碍。在9月的最后几天，工程开始后不到一年，这座巨型反射望远镜那根长达280英尺的管子就竖立在空中，镜筒被悬吊在一座巨大的铁架上，一套精巧的机械装置操作起来十分方便，可以将管子瞄向天空中的任何一点，还能追随太空中运行的星体路径，从地平线的一边到另一边。

望远镜的建造费用在400,000美元[1]以上。当它第一次瞄准月球的时候，观察员的心情又好奇又不安。这座望远镜能把观测物

---

1 相当于1,600,000法郎。（原文注）

体放大48,000倍，他们将会在这座高倍数仪器的视域里发现什么呢？会不会发现月球的居民、成群的月球动物、城市、湖泊、海洋呢？没有。他们看到的一切，都是科学界早已知道的。而月球的火山地质，都可以从月轮的每一个角落，得到极为精密的证实。

不过，这座落基山脉的望远镜在供大炮俱乐部使用之前，倒是对天文学有极大的用处。由于它威力强大，能看得极远，凡是天空深处可观察到的范围，都被探测到了，许多恒星的视直径也都被精确地测量。剑桥办公室的克拉克先生便测定了金牛座的蟹状星云，这一项成果是罗斯伯爵的反射望远镜绝对无法办到的。

第二十五章

最后准备的细节

11月22日，10天以后就要动身出发了。目前，唯独剩下最后一项需要好好完成的程序，这是一件精细、危险，必须极度小心从事的工作，尼科尔船长曾经押下第三笔赌注，说它不会成功。的确，这个工作就是装填哥伦比亚大炮，也就是把400,000磅的火棉放进炮筒里。尼科尔曾认为，搬动分量如此吓人的低氮硝化纤维素将会引起严重的灾难，而且，不管怎样，这么一堆极容易爆炸的物质，在炮弹的重压之下，也会自行燃烧，他的想法或许不无道理。

在南北战争期间，美国人总是不以为意地叼着雪茄装填炮弹，他们这种轻率、无忧无虑的态度，更增加了这次作业将面临的危险的严重性，但是，巴比·凯恩时时把成功挂在心上，绝不想在港口搁浅，因此他选择了手下一批最优秀的工人，让他们在自己的面前工作，他的目光不曾离开他们片刻。由于谨慎小心和预防措施，他得以把所有成功的机会都拢到自己这一边。

首先，他避免将所有的火药一次全运到石头岗的围栏内。他要工人将这些填装物装在完全密封的弹药车里，一点一点地送来。400,000磅的低氮硝化纤维素分装成500磅一份的包裹，总计是800份，全都一一放进由彭萨科拉最熟练的军火工人所制造的800个大型弹药桶中。每辆弹药车可容纳10桶，这些车一辆接一辆经由坦帕城的铁路抵达石头岗。借这个方法，放在围栏内的低氮硝化纤维素的量同一次绝不超过5000磅。车子一到达，工人立刻赤着脚走过来卸下火药，并将弹药桶运到哥伦比亚大炮的炮口，再用人力操作起重机，把桶子放进大炮里。所有的蒸汽机都被搬得远远的，方圆两英里内，任何一点小火都必须熄灭。即便已经11月了，要让这么大批的火棉不受到太阳热力的影响，仍然十分不容易。因此，工人们宁可在夜间的灯光照射下工作，这种灯光是在真空里产生的，它利用鲁姆科尔夫装置[1]创造出"人工白昼"，把哥伦比亚大炮的底部也照得通亮。在那里，一桶桶的火药排列得非常整齐，桶子之间都有一条金属线相连，它能把电火

1　鲁姆科尔夫装置是指一种感应线圈，由德国工程师鲁姆科尔夫（Heinrich Daniel Ruhmkorff, 1803—1877）发明，可以作为高压发电机使用。

花同时传送到每个弹药桶的中心。

事实上，他们准备用电池来点燃火棉。所有包裹着一层绝缘物质的电线，在一个与炮弹摆放位置齐平的小孔处结合成一条，然后穿越厚实的铸铁壁，经由一个在石头护墙上特别为电线保留的通气孔，一直往上升至地面。电线到达石头岗的高处之后，就挂在一排电线杆上，一路延伸两英里，穿过一个开关器，和一个威力强大的本生电池[1]联结。所以，只须用手指按下开关器的按钮，电流就即刻接通，400,000磅的火棉也会开始燃烧。当然了，电池只在最后时刻才会启动。

11月28日，800个弹药桶全都放置在哥伦比亚大炮的底部了。这部分的工程已经圆满成功。但是，巴比·凯恩主席历经了多少烦恼、忧虑、挣扎呀！他曾经禁止外人进入石头岗的围栏内，却没有用。每天总会有好奇的人翻过栅栏，其中某些人简直轻率到疯狂的地步，居然来到弹药桶间抽烟。巴比·凯恩天天都愤怒得想揍人。马斯通尽其所能地帮助他，拼命地驱逐擅自闯入围栏里的人，捡拾美国佬四处乱扔、尚未熄灭的烟蒂。这实在是项艰难的工作，因为围栏周围挤了3000多人哪。米歇尔·阿尔当表示愿意护送弹药车直到哥伦比亚大炮口，但是，他自己却在追

---

1 德国化学家罗伯特·威廉·本生（Robert Wilhelm Bunsen, 1811—1899）发明的碳锌电池。

赶那些冒失者的时候，嘴里衔着一支大雪茄，着实给他人做了最坏的示范，这一幕被大炮俱乐部的主席撞见了。他非常明白，不能指望这位什么都不怕的吸烟汉，只得派人特别监视他。

总之，这些大炮发明家是受神庇护的，什么也没爆炸，填装火药的工程顺利完成。尼科尔船长因此极有可能输掉他的第三项赌注。接下来的工作，只剩下把炮弹装进哥伦比亚大炮里，放在厚厚的火棉层上。

但是，在进行这项作业之前，必须先把旅行必备的物品依序安放到"炮弹—车厢"内。东西数量相当多，假如让米歇尔·阿尔当任意安排，货物很快就会侵占保留给旅客的位子。这位可爱的法国人打算携带上月球的东西，是大家想象不到的，尽是一些十足无用的劣货。不过，巴比·凯恩出面干涉，才设下限制，只能带必不可少的东西。

工具箱放进了好几支温度计、气压计和望远镜。

旅客们都渴望能在旅途中观测月球，为了更容易地勘测这个新世界，他们带了一份比尔和蒙德雷尔绘制的优质地图，这一本分成四页出版的月面图，被公认为是在耐心与观测上的真正杰作。这个天体朝向地球那一面的每个细节，在月面图上都一丝不苟地精准重现。山脉、谷地、环状山谷、火山口、山峰、凹槽都看得清清楚楚，大小比例正确，方位走向符合实际。而它们的名称，从高峰耸立在月盘东半部的多爱菲勒山和莱布尼兹山，一直到延展到北极地带的冷海，都明白地标示出来。

所以，对旅客来说，这是一份相当珍贵的资料，因为他们在尚未登陆这个新世界之前，就已经可以研究它了。

他们也带了三支来福步枪和三支打猎用、能发射炸裂弹的卡宾枪，此外，还有大量的火药和猎枪专用的铅沙。

"我们不知道会和谁打交道，"米歇尔·阿尔当说，"那里的人或动物可能认为我们的拜访不怀好意呢！所以，必须做些防范。"

和防身武器摆放在一起的，还有十字镐、鹤嘴镐、手提式锯子以及其他不可或缺的工具，更不用提那些适合不同气温穿着的衣服，从极地的寒冷到热带的炎热，样样都准备了。

米歇尔·阿尔当原本想在这趟远征里带上一些动物，不过不用所有的种类都各带一对，因为他看不出有必要把蛇、老虎、钝吻鳄和其他有害的动物引进月球。

"不，"他对巴比·凯恩说，"但是带几头供差使的牲口，公牛或者母牛，驴或者马，不但可以美化月球的风景，对我们也很有用处。"

"我同意，亲爱的阿尔当，"大炮俱乐部的主席回答，"可是我们的炮弹车厢不是诺亚方舟。它既没有多余的容纳空间，也

炮弹发射的那一刹那，一束巨大的烈火像火山喷发一样，从地下的深处喷射而出。

没有这种用途。所以，我们还是做我们能力可及的事就好了。"

经过长时间的讨论，旅客三人最后决定，只带尼科尔那只优秀的母猎犬和一条强壮有力的纽芬兰狗。好几箱最有用的种子也归入不可缺少的物品当中。若是让米歇尔·阿尔当自己做主，他一定也会带上几袋子的泥土，准备在月球播种。不管怎么说，他还是拿了12株左右的小树苗，用稻草小心翼翼地包裹，放在炮弹车厢的角落。

现在剩下重要的粮食问题，因为还必须考虑到他们可能会在月球上绝对贫瘠的地方登陆。巴比·凯恩准备充分，带了足够一年吃的食物。不过，为了不让人感到讶异，应该补充说明一下，这些粮食包括罐头的肉类和蔬菜，都是用液压把它们缩减到最小的体积，同时保留大量的营养成分。粮食的菜色并不多样，但是，在这样的远征里，实在不应该要求太高。另外，还储备有多达50加仑[1]的烧酒和只够两个月喝的水。事实上，根据天文学家近期的观测，任何人都不会怀疑月球表面存在若干分量的水。至于粮食，大概只有疯子才会相信，地球居民在那上头找不到东西吃；米歇尔·阿尔当对这方面毫不怀疑，假如有怀疑，他就不会决定出发了。

1　大约是200公升。（原文注）

"再说，地球上的伙伴是不会完全抛弃我们的，"一天，他对他的朋友们说，"他们会想办法不忘记我们的。"

　　"当然不会忘记。"马斯通回答。

　　"你这句话是什么意思？"尼科尔问道。

　　"再简单不过了，"阿尔当回答，"哥伦比亚大炮不是一直都在那儿吗？好啦，每次月球在有利的条件下出现在天顶的时候，即使不是在近地点也无妨，也就是说大约每年一次，他们不是可以和我们约定一天，给我们送一颗装满粮食的炮弹来吗？"

　　"乌拉！乌拉！"马斯通仿佛拿定主意似的高喊，"这可真是个好意见！当然了，正直的朋友们，我们不会忘记你们的！"

　　"我正指望如此呢！所以，你明白了，我们将可以按时收到地球的消息。至于我们这方面，假如没找到和地球上的好朋友联系的办法，那我们可就太笨了！"

　　这些话显示出无比的信心，再加上米歇尔·阿尔当态度果敢，坚定且极有把握，使得大炮俱乐部的所有会员都恨不得也能追随他的脚步动身。经由他的述说，事情看起来简单、明了，容易进行，保证成功，只有那些眼界十足狭隘的家伙，才会坚持留在这个水陆形成的地球上，不跟三位旅客一起长征月球。

　　当各类不同的物品全都放置到炮弹内的时候，用来产生弹力作用的水也灌进板壁之间，照明用的瓦斯也加压装到它的容器里了。至于制造氧气用的氯酸钾和能吸收碳酸的苛性钾，巴比·凯恩担心途中会意外耽搁，所以足足带了两个月的用量。一台精巧无比，而且可自动运转的机器全程担负这个净化空气，使其恢复新鲜质量的工作。炮弹就这么准备好了，只要把它放进哥伦比亚大炮里就大功告成了。然而，这却是一项充满困难和危险的工程。

巨大的炮弹被运到石头岗的最高处。几台强大的起重机抓起它，把它悬吊在金属井的上空。

这是一个惊心动魄的时刻。万一铁链撑不住庞大的重量，突然断了，坠落的炮弹铁定会使火棉燃烧起来。

幸好什么意外也没发生，几小时之后，炮弹列车就轻轻地下降到大炮的炮膛里，安放在那一层低氮硝化纤维素上，这可是一块能引发爆炸的鸭绒垫。炮弹的压力除了使哥伦比亚大炮内的火药填得更紧实之外，没有其他的影响。

"我输了。"船长说，一面把3000美元交给巴比·凯恩主席。

巴比·凯恩不愿意接受同行旅伴拿出的这笔钱。但是，尼科尔非常固执，坚持在离开地球以前履行他所有的承诺，巴比·凯恩只能让步了。

"那么现在，正直的船长，"米歇尔·阿尔当说，"我只想祝福你一件事情。"

　　"哪一件？"尼科尔问。

　　"祝你再输掉另外两笔赌注！这么一来，我们就肯定不会停
留在半路上了。"

第二十六章

发 射

12月的第一天到来了，这是决定成败的关键日，因为，假如炮弹不在当天晚上10点46分40秒时发射，就必须再经过18年以上，月球才会在同时位于天顶和近地点的相同条件下再次出现。

天气非常好。尽管冬天快到了，依旧阳光普照。地球正沐浴在太阳散发的耀眼光芒中，即将有三位居民远离这里，奔向新世界。

在大家焦急渴望着的这一天来临前的那个夜晚，有多少人辗转难以入睡呀！多少胸膛被等待着的沉沉重负压得透不过气来啊！所有的心都因为担忧而突突直跳，只有米歇尔·阿尔当除外。这位沉着的人物和平常一样，忙碌地来来去去，看不出他有任何特别的挂虑。他睡得很安稳，是那种战斗之前躺在大炮座架上，依然能入睡的蒂雷纳[1]式睡眠。

自早上起，在石头岗周围那一望无际的草原上，就挤满了数不清的人。坦帕的铁路每隔15分钟还会载来一批新到的好奇群众。这些从他处涌进来的"短期移民"很快就达到令人惊奇的庞大规模。根据《坦帕观察报》的统计，在这个值得纪念的一天里，共有5,000,000名观众踏上佛罗里达的土地。

一个月以来，其中绝大部分的人都在围栏的四周露营，奠定了从那时起就被称作阿尔当城的城市基础。原野上到处竖立着临时搭建的木板屋、简陋的窝棚、茅屋、帐篷，栖身在这短暂住所里的人口，为数众多，足以让那些欧洲最大的都市称羡不已。

这里有着地球上各个民族的代表，可以同时听见世界各地的不同方言。那种语言混杂的盛况，简直就像圣经时期的巴别塔[2]。美国社会的不同阶级在这里以绝对平等的方式混合共处。银行家、耕作者、水手、送货员、经纪人、种植棉花的地主、协商代表、船夫、行政官员，都带着毫不拘礼的原始本性相互交流着。来自路易斯安那的欧洲移民后代与印第安纳的农夫称兄道弟；肯

1　蒂雷纳（Turenne，1611—1675），法国贵族、军事家，也是法国国王路易十四的大元帅。
2　《圣经·创世记》中记载的故事。人类原本只说一种语言，他们联合起来，企图建立一座塔顶通天的高塔。上帝为了避免人类变得无所不能，于是将语言打乱，使人类无法彼此沟通，建塔的计划因此失败。

塔基和田纳西的绅士，傲慢又风雅的维吉尼亚名流和大湖区的半开化猎人，以及辛辛那提的牛贩子，你一言我一语地谈天说地。他们戴着宽边白海狸毛皮帽，或者巴拿马的传统草帽，穿着奥珀卢萨斯[1]作坊的蓝棉布长裤，披着漂亮的本色布罩衫，脚上套着颜色鲜艳的高帮皮鞋，炫耀着他们那图样奇特的细麻布花边，卖弄着他们衬衣上、袖口处、领带处、手指上，甚至耳朵上，一整套的戒指、别针、钻石、链子、耳环、小饰物，这些闪闪发光的首饰，在昂贵与庸俗的程度方面简直不相上下。妇女、小孩、仆役的打扮也同样华丽，他们或前或后地伴随着，围绕着丈夫、父亲、主人，使他们像极了置身在众多家族成员中间的部落首领。

在吃饭时间，实在应该来瞧瞧所有人用餐的模样，他们朝着美国南方特有的菜肴扑过去，大口大口地吞嚼这些对欧洲人肠胃来说，可能难以下咽的食物，像是炖青蛙、焖猴肉、杂烩鱼羹[2]、烤美洲负鼠、带血的负鼠肉，或者烧烤浣熊肉排。这些人的胃口奇大，恐怕佛罗里达的食物就要不敷供应了。

不只如此，还有许多不同系列的酒品和饮料用来佐配这些难以消化的食物呢！酒吧间或小酒馆里摆满玻璃杯、大啤酒杯、小瓶子、长颈大肚瓶、奇形怪状的大瓶子、研磨糖粉的石臼，以及

1　路易斯安那州的第三大古老城市。
2　英文fish-chowder是用各种不同的鱼类熬煮成的浓汤。（原文注）

一包包的麦秆吸管，在那里头回荡着的，是多么令人兴奋的叫声
与打动人心的喧闹呀！

"这一杯是薄荷朱利普[1]！"一位酒店老板用响亮的声音呼
喊着。

"这是一杯加了波尔多葡萄酒的桑格莉亚[2]！"另一位卖酒的
商人回报以刺耳的尖叫声。

"金司令[3]！"这一位重复吆喝着。

"鸡尾酒！撞击白兰地[4]！"另一位高声喊。

"谁来尝一尝时下最流行的真品薄荷朱利普？"几个机灵的
商人呼喊着，只见他们像魔术师玩弄小软木球一般，把糖、柠
檬、绿薄荷、碎冰、水、科涅克白兰地和新鲜的菠萝，快速调制
成一杯又一杯清凉的饮料。

平日，这些为了招揽受香料刺激而干渴的喉咙，此起彼落的
呼喊声总在空气里穿越，不断重复，形成一片让耳朵吃不消的吵
闹声。但是，12月1日那天，这类叫卖声稀疏零落，小贩就算叫
哑了嗓子也引不起顾客的兴趣。没有人想吃，也没有人想喝。到
了下午4点，有多少在人群中走动的观众还没有用过午餐啊！另一

---

1 薄荷、糖浆、威士忌加冰块搅拌成的鸡尾酒，是美国南方的代表文化之一。
2 西班牙传统的酒精饮料，主要成分为红葡萄酒和水果片。
3 用杜松子酒、汽水、糖浆、冰块调制而成。
4 又称为白兰地薄荷捣酒。

月亮一升上地平线，马斯通随即把炮弹框在望远镜的视域里，他的目光片刻也没有离开它，他毫不间歇地追随它穿越星空，他以恒常的耐心，观察炮弹行经银色的月轮。

个更富意义的征兆是，此时的激动情绪战胜了美国人对各类游戏的强烈热情。滚木球游戏的小木柱侧躺在地上，克雷皮斯[1]的骰子在圆锥形皮杯子里睡着，赌博轮盘静止不动，克里巴奇牌戏[2]被弃置一旁，惠斯特牌、21点、红与黑、蒙特牌以及法侯牌，都原封不动地放在盒子里，当你看到这番景象，就会明白当天的大事正把其他需求都吸收掉了，使得任何娱乐都没有活动的余地。

直到晚上，焦虑的人群之间始终流窜着一股隐隐的骚动，就如同大灾难来临前夕一样，听不到喧哗声。有种无法形容的不安，盘踞在大家脑海中，那是一种令人难受的模糊感，一种让人痛苦，却又难以确定的情感，每个人都恨不能"赶快结束"。

然而，将近晚上7点的时候，这犹如重担一般的沉默突然消散了。月亮从地平线缓缓升起，好几百万声的乌拉声迎接她的出现。她是准时赴约了，欢呼声直上高空，鼓掌声从四面八方响起，金发的芙蓓在晴朗的夜空里安详地闪耀着，用她最深情的光辉，轻抚着这如痴如醉的群众。

这时候，三位勇敢的旅行者出现了。一看到他们，呼喊声更加响亮，美国国歌霎时从所有激动喘息的胸膛中传了出来，简直

1　源自英国的骰子游戏。
2　北美洲非常流行的纸牌游戏。

是一致同声，由500万人合唱的《洋基歌》[1]宛如一场音响风暴，扶摇直上，一路攀升到大气层的边际。

在这无法抗拒的兴奋过后，接着，歌声停止，最后的几个和弦声逐渐消熄，喧闹声也散了，一片轻细的低语，浮荡在深深感动的群众上方。此时，法国人和两位美国人早已穿越围栏，进入保留区，围栏外挤满无数群众。陪同他们一起进来的，有大炮俱乐部的会员和欧洲各地天文台派遣的代表团。巴比·凯恩冷静沉着，平静地发布最后几道命令；尼科尔嘴唇紧闭，双手交叉放在背后，步履坚定地走着；米歇尔·阿尔当和往常一样无拘无束，一身地道的旅行装，脚上套着皮质鞋罩，侧背着猎人用的皮腰包，宽大的栗色丝绒衣服松松地挂在身上，他嘴里叼着雪茄，沿路走来，频频热络地和群众握手，就像王子一样大方。他兴致无穷，有着源源不绝的欢乐，始终笑着，说玩笑话，像个孩子似的和高贵的马斯通开玩笑。总归一句，他直到最后一秒，都还是很"法国人"，更糟糕地说，都还是很"巴黎人"。

晚上10点的钟声响了，到了进入炮弹里就座的时刻。下降到井里，旋转关闭门板，撤离起重机和拆除靠在哥伦比亚炮口上的鹰架，这些必要的操作都需要一些时间。

---

1 《洋基歌》（*Yankee Doodle*），美国独立战争期间流行的爱国歌曲。

巴比·凯恩已经将他那误差不超出1/10秒的马表,与工程师穆尔奇森的表对好了时。这位工程师负责用电火花点燃火药,这样一来,封闭在炮弹内的旅客就可以用眼睛注视这根不受情感左右的指针,看着它指出他们出发的确切时刻。

是该道别的时候了,那场面着实令人动容。米歇尔·阿尔当虽然处在兴奋的狂热中,仍不免受到感动。马斯通早已在他那干涸的眼皮下找到一滴老泪,这无疑是他为这个时机特地保留的。他把这泪水抛洒在那亲爱的、正直的主席的前额上。

"要是我也一起出发呢?"他说,"现在还来得及!"

"不可能的,我的马斯通老兄。"巴比·凯恩回答。

一会儿之后,三位旅伴已经在炮弹内安顿好了,他们从里面旋紧出口门板的螺丝,哥伦比亚大炮的炮口完全没有任何遮盖,自由自在地指向天空。

尼科尔、巴比·凯恩和米歇尔·阿尔当终于关在金属车厢里,与外界隔绝了。

全体群众都激动到了极点,当时的情感有谁能描绘得出呢?

月亮在纯净明朗的天空中缓缓前进,在她行经之处,闪烁的星群都失去了光辉。当时她正走过双子星座,来到接近地平线和天顶中间的位置。每个人应该很容易就能了解,我们要瞄准目标的前方,就像猎人瞄准他想射击的野兔的前方一般。

慑人的寂静笼罩着全场，大地上没有一丝风！胸膛里没有一点呼吸！那一颗颗心都不敢再跳动了。所有惊慌的目光紧盯着哥伦比亚大炮张开的炮口。

　　穆尔奇森的眼睛追随着他的马表指针，离出发时刻只差40秒了，每一秒钟都漫长得像一个世纪。

　　到第20秒的时候，所有人都微微战栗。这些群众忽然想到，关在炮弹里的英勇旅行家们也正在数着这可怕的几秒！人群中传来几声单独的呼喊：

　　"35！——36！——37！——38！——39！——40！发射！！！"

　　穆尔奇森立刻用手指按下机器开关，接通电流，把电火花传送到哥伦比亚大炮的深处。

　　一个从来不曾听过的、非比寻常的可怕爆炸声在一瞬间产生，不论是雷电的巨响，还是火山爆发的轰隆声，任何声音都无法给这声爆炸一个概念。一束巨大的烈火像火山喷发一样，从地下的深处喷射而出。大地仿佛一下子翻腾起来，只有少数几个人在一刹那间，得以勉强瞥见炮弹在火红的浓烟中胜利地划破长空。

第二十七章

阴霾

当一束白炽的火光冲向天际，直达那不可思议的高度时，喷放出来的烈焰把整个佛罗里达都照亮了，在这无法估量的片刻之间，在一大部分的土地上，白昼取代了黑夜。像巨大羽毛饰一般的熊熊火光，在100英里之外的墨西哥湾和大西洋，都能看得到，不止一位船长在航海日志上记载了这颗庞大流星。

伴随哥伦比亚大炮巨响而来的是一场十足的大地震，仿佛就连佛罗里达的地底深处也在晃动。在高温下膨胀的火药气体，以无法比拟的猛烈威力推开大气层，这个比暴风雨的飓风还要快上100倍的人造飓风，像龙卷风一样穿越天空。

在场的观众没有一个是站着的，男人、女人、小孩，全都像狂风暴雨下的麦穗一样倒在地上。接着而来的是一阵难以表达的嘈杂与纷乱，许多人都受了重伤，马斯通过于疏忽，站得太近，眼见自己被往后扔出了20托瓦兹远，犹如一枚圆炮弹一样从他的同胞头顶上飞过。30万人一时之间什么也听不见，仿佛丧失了知觉一般。

大气气流先是撞翻木板屋，推倒棚子，把20英里范围内的树木连根拔起，把铁轨上的火车一直赶到坦帕；之后，又如雪崩般猛烈袭击这个城市，摧毁了100多栋房屋，圣玛丽教堂是其中之一，新建的交易所大厦从上到下裂出了一条大缝；港口的几艘船互相撞在一起，全都笔直地沉入海底，十几条在停泊场里抛下锚的船只，像扯断棉线一样，拉断了它们的铁链，冲向海岸边。

但是，破坏的范围还延伸得更远，超出了美国的疆界。大炮反冲力的影响，在西风的推助下，连远在美国海岸300英里外的大西洋上，都受到了波及。一场人造风暴，一场海军上将菲茨罗伊[1]都无法预知的意外风暴，以前所未闻的强大威力，朝着船只扑过去。几艘巨轮被卷进可怕的旋风之中，还没来得及收帆，整艘船就连同船帆一起沉入海底，当中有一艘是来自利物浦的恰尔德—哈罗德号，这次令人惋惜的灾难因此成为英国人最激烈指责的目标。

1　罗伯特·菲茨罗伊（Robert Fitz-Roy，1805—1865），英国海军将领、水文地理学家、气象学家，曾任英国气象局局长，负责天气预报工作。

最后，再补充一点，尽管这件事只获得几个当地土著的证实，在炮弹发射半小时之后，格雷和狮子山共和国[1]的居民都说，曾经听到一阵低沉的震动，这是声波的最后转移，它穿越了大西洋，消失在非洲海岸上。

但是，应该再回到佛罗里达上来。第一时刻的嘈杂过去后，受伤的人、耳朵暂时聋了的人，总之，所有的群众都清醒过来，紧接着是狂热的呼喊声直冲云霄："乌拉，阿尔当！乌拉，巴比·凯恩！乌拉，尼科尔！"几百万人的鼻子朝向天空，拿起各式的望远镜——反射的、折射的、小型观剧用的，察看着夜空，大家都忘了身上的挫伤与激动的情绪，只全心全意关注炮弹。可是，他们搜寻了好一阵子，都是徒劳无功。已经看不见了，只能定下心来，等候朗斯峰的电报。剑桥天文台台长[2]此刻正位于落基山里的岗位上，观测的任务老早就交给了这位经验丰富又不屈不挠的天文学家。

然而，一个容易预料，却没能料到，而且又让人无能为力的现象，不久便让公众的耐心受到严酷的考验。

截至当日，一向晴朗的天气突然起了变化，阴沉的天空布满

1　格雷（Gorée）位于大西洋上，是西非塞内加尔近海的一个小岛。狮子山共和国（Sierra Leone），非洲西部大西洋沿岸的国家。

2　也就是贝勒法斯特先生。（原文注）

乌云。经过了400,000磅的低氮硝化纤维素燃烧后引发的大量气体扩散，以及大气层猛烈移动之后，难道还会产生其他结果吗？整个自然秩序已经被扰乱了。这也没什么好讶异的，因为在海上战斗中，我们早已见惯炮火骤然改变大气层状态的情况了。

隔天，太阳上升到乌云密布的地平线，那是抛掷在大地和天空之间，一层厚重、无法穿透的帘幕。不幸的是，它一直延伸到落基山脉地带。这是天命。地球各处掀起一片抗议，但是，大自然并不为之所动，事实摆在眼前，既然人类用自制的爆炸扰乱大气，他们就得承受随之而来的后果。

在炮弹发射后的第一天，每个人都努力试图望穿这层不透光的云幔，但这全是白费力气。再说，大家这样把眼光朝向天空，其实是错误的，因为，地球转动了一夜，炮弹这时无疑正沿着地球另一面的直线疾速行驶。

无论如何，当黑夜包围大地的时候，这样漆黑、伸手不见五指的夜晚，即使月球再度升上天际，却也无法看到它。简直可以说，月球是有意要避开先前朝它射击的那些莽撞者的眼光。因此不可能进行观测，朗斯峰的电报也证实了这项无预警的恼人情况。

不过，假如发射实验成功，在12月1日晚上10点46分40秒出发的三位旅行家，要到4日的午夜才会到达。所以，在那个时间之前，大家也就耐着性子等待，没有太过高声叫嚷，因为，在目前的条件下，要观测一个像炮弹一样小的物体，毕竟也是相当困难的。

12月4日，晚上8点到午夜，要是可以观察炮弹行踪的话，它应该会像一个黑点般出现在明亮的月盘上。但是，天气依旧无情地满布乌云，这可使得群众愤怒到了极点，大家竟然开始辱骂起这个不露面的月球。人世间的冷暖真是令人伤心啊！

失望灰心的马斯通于是动身前往朗斯峰，他希望能亲自观测。他没有怀疑他的朋友们已经到达旅行目的地。更何况，大家都不曾听说炮弹坠落到地球上的海岛，或是大陆的某一处，而马斯通一刻也不相信炮弹会掉落在覆盖地球3/4面积的海洋里。

5日，同样是阴天。几架古老欧陆的大型天文望远镜，如赫雪尔、罗斯、傅柯等人的，全都瞄准这颗黑夜的星体，因为欧洲的天气恰好万里无云。可是，这些仪器的放大倍数比较弱，无法进行有效的观测。

6日，天气仍旧一样。地球上3/4的人都焦急如焚。居然有人建议起最荒诞的方法，要驱散堆积在天空中的乌云。

7日，天气似乎有了一些转变。大家都满心期待，可是，这个希望并没有维持太久，到了晚上，厚重的云层再度使人无法窥见星空。

这时，情况变严重了。原来，11日上午9点11分起，月亮就要进入下弦月时期。过了这天之后，月球的明亮部分将会逐渐缩减，即使天空放晴，能观测到的可能性也会大大降低。事实上，到了那时候，月球显露出来的月轮区域只会越来越小，最后将变成新月，也就是说月球和太阳一起升起和落下，阳光使人完全看不见月球。所以必须等到1月3日正午44分，月亮进入满月，才能再开始进行观测。

各种报刊纷纷公布这些考虑，还加上许多批注，并且不断告知大众，必须抱持无限的耐心来等待。

12月8日，毫无进展。12月9日，像是要嘲弄美国人似的，太阳现身了片刻。大家对着这颗白昼的星体嘘声四起，大概这样的待遇让它伤心了，它非常吝于展现光芒。

12月10日，没有变化。马斯通差点疯掉，大家都替这位高贵人士的脑子担心，这颗头脑一直以来可都是被马来橡胶的头壳保护得非常好。

但是11日，大气里刮起了一场热带地区内特有的可怕暴风雨。猛烈的东风把连日来聚集的乌云全扫除了，到了晚间，这颗已消失了半边月轮的黑夜星体，庄严地出现在充满明朗星座的天空中。

第二十八章

一颗新星

当天夜里，受到无数焦急等待的那则激动人心的消息，像是雷电一样迅速在合众国各州之间传开，接着，从美国国土一路越过大西洋，循着地球上所有的电话线向外传播。科学家已经透过朗斯峰的巨型反射望远镜看见炮弹了。

以下是剑桥天文台台长撰写的报告，内容包含对大炮俱乐部这个伟大实验的科学性结论。

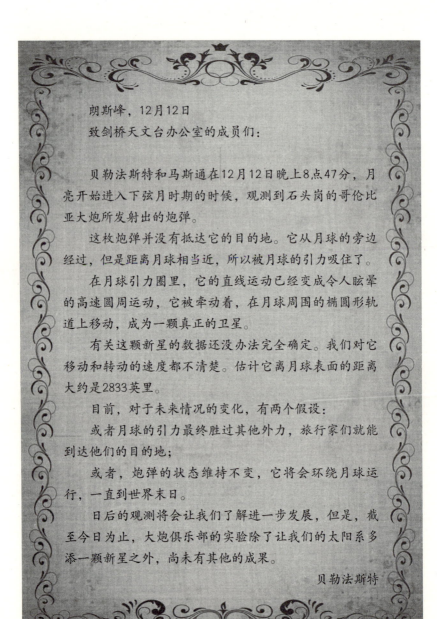

朗斯峰，12月12日

致剑桥天文台办公室的成员们：

贝勒法斯特和马斯通在12月12日晚上8点47分，月亮开始进入下弦月时期的时候，观测到石头岗的哥伦比亚大炮所发射出的炮弹。

这枚炮弹并没有抵达它的目的地。它从月球的旁边经过，但是距离月球相当近，所以被月球的引力吸住了。

在月球引力圈里，它的直线运动已经变成令人眩晕的高速圆周运动，它被牵动着，在月球周围的椭圆形轨道上移动，成为一颗真正的卫星。

有关这颗新星的数据还没办法完全确定。我们对它移动和转动的速度都不清楚。估计它离月球表面的距离大约是2833英里。

目前，对于未来情况的变化，有两个假设：

或者月球的引力最终胜过其他外力，旅行家们就能到达他们的目的地；

或者，炮弹的状态维持不变，它将会环绕月球运行，一直到世界末日。

日后的观测将会让我们了解进一步发展，但是，截至今日为止，大炮俱乐部的实验除了让我们的太阳系多添一颗新星之外，尚未有其他的成果。

贝勒法斯特

这个出乎意料的结局引来多少问题啊！在未来的科学探究领域里，还存在着多少不为人知的秘密啊！多亏这三个人的勇气和牺牲奉献，发射炮弹到月球，这样一个表面上看起来相当无关紧要的事业，方能获得巨大的成果，而它带来的影响是无法计量的。禁闭在新卫星里的旅客们，即使没有抵达他们的目的地，至少也成为月球世界的一部分。他们环绕着黑夜的星体移动，使人类的眼睛第一次能够窥探它所有的奥秘。尼科尔、巴比·凯恩、米歇尔·阿尔当这些名字，必将因此永远在天文学的大事记上赫赫有名，因为这几位渴望扩大人类知识范围的大胆冒险家，曾经果敢地冲进太空，拿自己的生命冒险，投入近代最不可思议的实验当中。

无论如何，在得知朗斯峰的报告之后，全世界无不感到惊奇和恐惧。是否能帮到这些勇敢的地球居民呢？无疑是办不到的，因为他们跨越了上天给地球生物设下的界线，已经置身在人类共同圈之外了。他们的配备足够供给两个月的空气，他们有一年的粮食。可是，之后呢？一想到这个可怕的问题，就连最冷漠的心都要为之怦然悸动。

只有一个人不愿意承认他们的处境毫无希望，只有一个人还怀抱信心，这个人就是那位和他们一样勇敢坚定的忠诚朋友——正直的马斯通。

况且，他的眼睛时时注视着他们，朗斯峰的观测站从此成了他的住所，他的视野就是那座巨大望远镜的反射镜。月亮一升上地平线，他随即把它框在望远镜的视域里，他的目光片刻也没有离开它，他毫不间歇地追随它穿越星空，他以恒常的耐心，观察炮弹行经银色的月轮。确实，这个高贵的人就这样持续和他的三位朋友保持联系，他没有放弃希望，他相信总有一天会再见到他们。

"只要情势许可，我们会和他们联络上的，"他对愿意听他说话的人说道，"我们会得知他们的近况，他们也会有我们的消息！再说，我很了解他们，他们都是富有创造才能的人，他们三个把艺术、科学和技术的所有本领都带上太空了。有了这些，想要什么就能做出什么。你们且等着瞧，他们会脱困的！"[1]

1　本书故事到此结束，巴比·凯恩、尼科尔、米歇尔·阿尔当的后续故事，请见儒勒·凡尔纳作品《环绕月球》。

欢迎您从《凡尔纳科幻经典》走进
读客三个圈经典文库

亲爱的读者，感谢您选择读客三个圈经典文库。

我们的封面统一使用"三个圈"的设计，读者可以凭借封面上形式各异的"三个圈"找到我们，走进经典的世界。

你想成为什么样的人？

对你来说什么是重要的？

这个世界应该是什么样子？

我们在生命中遇到的这些问题，或许可以在浩如烟海的文学经典中找到答案。

跟随读客三个圈经典文库，认识世界、塑造自我，成为更好的人！

《漫长的告别》

《西西弗神话》

《人间失格》

《人类群星闪耀时》

《鼠疫》

《小王子三部曲》

《局外人》

《月亮与六便士》

《基督山伯爵》

《罗生门》

读客三个圈经典文库

精神成长树

你想成为什么样的人？
对你来说什么是重要的？
这个世界应该是什么样子？

　　我们在生命中遇到的问题，每个时空的人都经历过，一些伟大的人留下一些伟大作品，流传下来，就成了经典。正是这些经典，共同塑造并丰富着人类的精神世界。

　　我们重新梳理了浩若烟海的文学经典，为您制作了精神成长树。跟随读客三个圈经典文库，汲取大师与巨匠淬炼的精神力量，完成你自己的精神成长！

树干：

不同的精神成长主题，您可以挑选任意感兴趣的主题进行深入阅读

例如：
寻找人生意义
探索自己的内心
拥有强大意志力
理解复杂的人性
…………

枝丫上的果实：

我们为您精选的经典文学作品

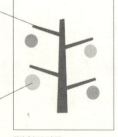

精神成长树示意图

局外人　人间失格　漫长的告别　荒原狼　尤利西斯　长眠不醒　假面的告白　背德者　复活　卡拉马佐夫兄弟　我是猫　羊脂球　罗生门　心　罪与罚　毛姆短篇小说全集　金阁寺　地狱变　莎士比亚戏剧集　呐喊　小王子的情书集　浮生六记　起风了　舞姬　小王子三部曲　傲慢与偏见　再见，吾爱　爱的教育　夜莺与玫瑰　格林童话　昆虫记　银河铁道之夜　爱丽丝漫游奇境记　柳林风声　绿野仙踪　伊索寓言

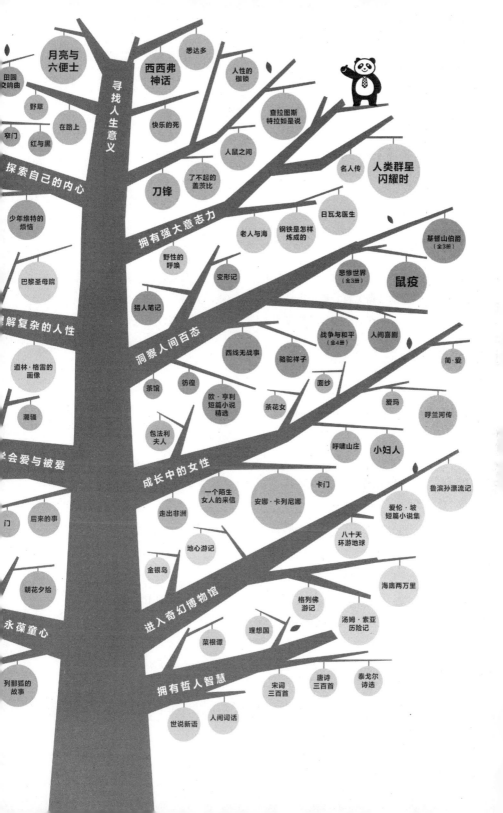

激发个人成长

多年以来，千千万万有经验的读者，都会定期查看熊猫君家的最新书目，挑选满足自己成长需求的新书。

读客图书以"激发个人成长"为使命，在以下三个方面为您精选优质图书：

1．精神成长

熊猫君家精彩绝伦的小说文库和人文类图书，帮助你成为永远充满梦想、勇气和爱的人！

2．知识结构成长

熊猫君家的历史类、社科类图书，帮助你了解从宇宙诞生、文明演变直至今日世界之形成的方方面面。

3．工作技能成长

熊猫君家的经管类、家教类图书，指引你更好地工作、更有效率地生活，减少人生中的烦恼。

每一本读客图书都轻松好读，精彩绝伦，充满无穷阅读乐趣！

认准读客熊猫

读客所有图书，在书脊、腰封、封底和前后勒口
都有"读客熊猫"标志。

两步帮你快速找到读客图书

1. 找读客熊猫

2. 找黑白格子

图书在版编目（CIP）数据

从地球到月球 / (法) 儒勒·凡尔纳著 ; 吕佩谦译
. -- 南京 : 江苏凤凰文艺出版社, 2018.9（2022.7 重印）
（凡尔纳科幻经典）
ISBN 978-7-5594-2512-6

Ⅰ.①从… Ⅱ.①儒… ②陈… Ⅲ.①科学幻想小说
- 法国 - 近代 Ⅳ.① I565.44

中国版本图书馆 CIP 数据核字 (2018) 第 152455 号

从地球到月球

[法] 儒勒·凡尔纳　著　　吕佩谦　译

责任编辑　　丁小卉　　姚　丽

特约编辑　　牟雪莲　　周奥扬

装帧设计　　读客文化　021-33608320

责任印制　　刘　巍　　江伟明

出版发行　　江苏凤凰文艺出版社

　　　　　　南京市中央路 165 号，邮编：210009

网　　址　　http://www.jswenyi.com

印　　刷　　河北鹏润印刷有限公司

开　　本　　890 毫米 ×1270 毫米　1/32

印　　张　　9

字　　数　　152 千字

版　　次　　2018 年 9 月第 1 版

印　　次　　2022 年 7 月第 2 次印刷

标准书号　　ISBN 978-7-5594-2512-6

定　　价　　338.00 元（全 9 册）